절경

DECA
MEDIA

철경 4

초판 1쇄 2025년 12월 24일

지은이 솔하 · **발행인** 김정수 · **고문** 이종주
발행처 데카미디어 · **출판등록** 2025년 4월 17일
주소 서울시 영등포구 당산로 214 · **E-mail** tradejjang0@gmail.com
유통 · 판매 관리 (주)행운사 · **Tel** (031)901-1137 · **FAX** (031)901-4140
E-mail luckybogo222@naver.com · luckybogo222@daum.net

ISBN 979-11-7513-060-9 (4권)
ISBN 979-11-7513-056-2 04810 (세트)

솔하 신무협 장편소설
4

차 례

1장

철경의 목소리가 나직하게 들었다.

"마음에 드는군."

"뭐가 말이오?"

"패 죽여도 돈이 없다는 말. 확인해 보지."

"무, 무슨……."

짜아악.

철경이 손이 흔들거리나 싶더니, 소주한의 뺨을 때렸다.

쿠당탕.

어찌나 세게 때렸는지, 소주한은 벽까지 날아갔다.

이빨이 부러지고, 입술이 터져서 피가 흘렀다. 소주한은 아파서 일어서지도 못했다.

"아으으으."

그러자 뒤에 있던 소진청이 자신도 모르게 창을 붙잡았다.

동시에 철경과 눈이 마주쳤다.

냉정했다.

눈빛이 차분했고, 소진청의 손을 보고 있었다.

창을 뽑는 즉시 언제든지 반격할 준비를 하고 있었다.

철경은 이미 대비를 하고 있었다.

강렬한 살기가 느껴진다.

만약 창을 뽑으면, 다 죽일 기세였다.

소진청은 창을 붙잡은 채 물었다.

"이건 너무 하지 않소? 다짜고짜 손찌검이라니?"

"본인 입으로 말하지 않았소? 때려죽여도 돈이 없다고. 그게 맞는지 확인해 보는 거요."

"그걸 지금 말이라고?"

"왜 말이 안 되지? 힘이 있다는 이유만으로 십만 냥어치의 포목을 몇 년간 가져갔는데. 힘이 있다는 이유만으로 때리면 안 되는 건가?"

"으음……."

소진청은 대꾸하지 못했다.

상식적으로 둘 다 말이 안 되는 이야기였다. 그리고 자신의 아들이 먼저 잘못을 했었다.

명분은 저쪽에 있었고, 힘이 강한 것도 저쪽이다.

소진청은 다시 물었다.

"죽일 생각이오?"

"처음에 말했듯, 나는 돈 받으러 온 거요."

철경의 말에 소진청은 창을 놓았다. 그리고 총관에게 속삭였다.

"문파 사람들에게 전달하게. 저 둘 사이에 어떤 일이 벌어지든 끼어들지 말라고."

"네에? 진심이십니까?"

"내가 책임지겠네."

"아, 알겠습니다."

총관은 황급히 밖으로 나갔다.

그사이 철경은 소주한에게 다가갔다.

그는 품속에서 돈주머니를 꺼냈다. 은자를 한 냥 꺼내어 소주한 앞에 던졌다.

"치료비다."

"……이게 무슨……."

"물건을 먼저 빌리고, 돈을 나중에 갚는다고 했잖아. 나도 먼저 때리고, 나중에 치료비를 주는 거다."

"그, 그런 억지가 어디 있소?"

"너는 억지를 부려도 되고, 나는 억지를 부리면 안 되나?"

말이 끝나기 무섭게 소주한을 걷어찼다.

퍼억.

"크헉."

한 번이 아니라 두세 번 걷어찼다. 소주한은 벽을 뚫고 밖으로 나가버렸다.

철경은 그를 쫓아갔고, 돈을 던졌다.

소주한은 아픈 것도 잊고, 주변을 향해 소리쳤다.

"사, 살려줘. 막아라. 뭣들 하느냐? 모두 저놈을 막아."

하지만 아무도 그를 돕지 않았다.

설총문의 무사는 백여 명이 넘지만, 태상장로의 지시를 받았기에 가만히 있었다.

솔직히 그들도 소주한을 좋아하지도 않았다. 고소해하는 눈빛도 있었다.

퍼억. 퍽.

철경이 때리는 대로 맞았다.

그리고 철경은 빠짐없이 돈을 던져주었다.

"이것도 짜증나는군."

그는 곧바로 검을 뽑았다.

"그래. 팔을 하나 자르고, 팔 값을 줄까?"

그 말에 소주한은 곧바로 소리쳤다.

"사, 살려주십시오. 돈을 주겠습니다. 돈을 준다고요. 으아아악."

쫘아아악.

철경의 거대한 검이 아래로 떨어졌다. 검압으로 인해 소주한의 얼굴이 완전히 뭉개졌다.

그러다가 갑자기 검이 멈추었다.

"허억. 허억."

다친 곳은 없었다. 하지만 그의 바로 옆으로 땅이 길게 파여 있었다.

검기로 인해 일정 구간에 고랑이 생긴 것이다. 그리고 그 줄은 담벼락까지 이어졌다.

소주한의 안색이 흙빛으로 변했다. 사람을 잘못 건드렸다는 걸, 이제야 깨달았다.

"죄, 죄송합니다. 돈을…… 드리겠습니다."

철경은 검을 집어넣었다. 그리고 몸을 돌려 소진청을 바라보았다.

"반각 주겠소. 치료하고, 나중에 봅시다."

"고맙소."

소진청을 서둘러 하나밖에 없는 아들에게 달려갔다. 아무리 밉고 마음에 안들어도 자식이었다.

팔은 안으로 굽을 수밖에 없었다.

철경은 부서진 벽 사이로 다시 들어갔다. 의자에 앉아서 눈을 감고 기다렸다.

옆의 의자에는 장인모가 앉았다. 너무 겁이 나서 쥐 죽은 듯 조용히 있었다.

반 시진이 흘렀다.

온몸에 붕대를 칭칭 감고서 소주한이 나타났다.

정말 오기 싫었지만, 소진청이 강제로 끌고 온 것이다.

그는 무서워서 철경을 제대로 보지도 못했다.

"흐음. 그, 그러니까, 십만 냥을 최대한 빨리 준비하겠습니다. 하지만 저희가 가진 땅을 팔아야 해서 조금 시간이 걸릴 것 같습니다. 먼저 삼만 냥 주고 두 달 후에 칠만 냥을……."

"십이만 냥이오."

"네, 네에?"

설총문 사람들은 놀라서 다시 쳐다봤다.

철경은 무뚝뚝한 얼굴로 설명했다.

"나는 십만 냥이라고 한 적이 없소. 지난 오 년 동안 십만 냥을 빌려줬으니, 당연히 이자가 붙어야지."

"그, 그건 너무한……. 아닙니다."

소주한은 변명을 하려다, 그냥 고개를 숙였다.

소진청과 총관도 마찬가지였다. 할 말은 많지만, 하지 않았다.

아니, 솔직히 하지 못했다.

철경이 무섭기도 하고, 그의 말이 틀린 말은 아니었으니까.

세상 어디에도 공짜로 돈을 빌려주는 곳은 없었다.

철경이 말했다.

"그럼 지금 삼만 냥을 주고, 두 달마다 삼만 냥씩 보내주시오. 만약 약속을 어기면, 그땐 주먹으로 끝나지 않을 거요."

"알겠습니다."

철경이 그 말을 끝으로 일어섰다.

그리고 밖으로 나갔다.

장인모는 서둘러 따라나섰고, 소진청이 그를 따라갔다.

그리고 굳은 얼굴로 철경에게 물었다.

“아들을 때린 것까지 이해할 수 있소. 하지만 꼭 많은 제자들이 보는 앞에서 때려야 했소? 문주로서의 권위가 바닥에 떨어졌소. 그리고 십이만 냥이라니. 이자로는 너무 센 것 아니오?”

철경은 기다렸다는 듯 대답했다.

“십만 냥어치의 포목을 강제로 뺏긴 사람의 심정은 생각해 보셨소?”

“으음.”

“자신의 의지가 아니라, 강제로 뺏겼단 말이오. 내가 아니었으면, 계속 빼앗아 갔겠지. 당한 것만 생각나고, 당한 사람들은 생각이 안 나시나 보군.”

이번에도 소진청은 대꾸하지 못했다.

철경은 서슬 퍼런 눈빛으로 경고했다.

“착각하지 마시오. 나는 본래 소주한을 죽일 생각이었소. 그리고 만약 당신이 창을 들었다면…… 설총문을 지울 생각도 있었소.”

단순한 협박이 아니었다.

철경은 자신의 본 실력을 살짝 보여주었기에 소진청도

알고 있었다.

설총문 사람들이 다 덤벼도 그 하나를 이기지 못할 거라는 걸.

철경은 삼만 냥과 나머지 금액을 기한 내로 갚겠다는 각서를 받았다.

그리고 덕령합으로 돌아갔다.

해가 완전히 사라진 늦은 시간이었다. 그런데도 장씨 포목점에는 사람들로 넘쳐났다.

황인관과 노호뿐 아니라, 여러 토호들이 소문을 듣고 모인 것이다.

"오늘 안 오는 건가?"

"내일 올 수도 있지."

"그럼 내일까지 기다려야 한다고?"

"먼저 가든지."

"아니야. 기다려 보지."

지겹고 지루하지만, 혹시나 하는 마음에 기다렸다.

그런데 정말로 철경이 나타났다. 일제히 입을 다물었다.

철경은 그들을 보지 않았다.

장학비에게 가서 돈과 각서를 건네주었다.

장학비는 문서를 읽어보고 깜짝 놀랐다.

"허어. 십이만 냥을 준다고?"

"그중 칠만 냥을 제하고, 오만 냥은 태전문으로 보내주시오. 그리고 오늘 받은 삼만 냥도 반은 내가 가져가겠소."

그렇게 철경은 만오천 냥을 챙겼다.

장학비는 기분이 오묘했다.

철경은 자신을 속이지 않았다. 십만 냥 중 칠만 냥을 준다고 했고, 실제로 줬으니까.

하지만 속은 기분이었다. 본래 삼만 냥을 가져가야 하는데, 이자를 포함해서 오만 냥이나 가져갔으니까.

한마디로 기분이 나쁘다.

하지만 거머리 같은 설총문을 떨쳐내고, 못 받을 것 같은 돈을 받았다. 결론만 생각하면 좋은 일이었다.

'그래. 그의 능력이 뛰어난 거야. 아까워하지 말자.'

철경은 곧바로 떠나려 했다. 그러자 장학비가 붙잡았다.

"혹시 다른 일을 부탁해도 되겠소?"

"태전문으로 의뢰하시오. 조건에 맞으면 해주겠소. 그리고……."

철경은 주변을 둘러보며 말했다.

"다른 사람들에게 이 말을 전해주면 좋겠군."

"알겠소."

철경은 창문을 통해서 떠났다.

장학비를 포함하여 토호들은 모두 한 사람을 바라봤다. 철경과 같이 온 장인모였다.

장학비는 그를 똑바로 보면서 말했다.

“같이 떠날 때부터, 여기에 도착할 때까지. 전부 말 하거라. 그들의 대화 역시 토씨 하나 틀리면 안 된다.”

“아, 알겠습니다.”

장인모는 가능한 자세히 알려주었다.

그리고 토호들은 이 이야기를 듣고, 다른 사람들에게도 알려주었다. 곧 덕령합 전체에 소문이 퍼졌다.

사람들은 그때부터 태전문을 찾기 시작했다.

철경은 태전문으로 돌아갔다.

태무경을 만나서 일만오천 냥을 건네주었다. 마침 같이 있던 태조인이 놀라서 물었다.

“이건, 무슨 돈인가?”

“포목점에서 일을 처리해 주고 받았습니다.”

“아니, 도대체 무슨 일을 했기에 이렇게 큰돈을…… 혹시 며칠간 도와줘야 하나?”

“아닙니다. 그리고 두 달에 걸쳐, 삼만 냥 오천냥을 더 보내줄 겁니다. 총 오만 냥이죠.”

"오, 오만 냥?"

단 하루 만에 그렇게 큰돈을 가져오다니, 놀라서 쓰러질 것 같았다.

계속 물었지만, 철경은 피곤하다고 둘러댔다.

그는 서쪽 숙소로 돌아갔다.

그리고 제자들을 한 번씩 봐주면서 시간을 보냈다.

그사이 산호와 진서가 다가왔다.

진서는 자신이 저질렀던 일을 들었는지, 미안한 모습을 보였다.

"흠흠. 미안."

"……괜찮다."

"그렇지? 살다 보면 이런 일도 생기고, 저런 일도 생기는 거지. 역시 넌 마음이 넓어."

반색을 했지만, 철경은 돌아보지 않았다. 대신 한 마디 했다.

"대신 돈을 벌어야겠다. 두 사람 모두."

"응? 돈?"

"저도요?"

산호가 묻자, 철경은 고개를 끄덕였다.

"이유야 어찌 되었던 우리 세 명이 집을 부수고, 태전문의 돈을 쓴 건 사실이니까."

산호는 대번에 납득했다.

"맞는 말씀입니다. 책임을 져야죠."

"알았어. 그런데 돈은 어떻게 벌어?"

진서도 찬성했지만, 두 사람은 방법을 몰랐다.

한 번도 돈을 벌어본 적이 없었다.

"도사, 넌 돈 벌어본 적 있니?"

"아……니요. 저도 고민을 해봐야 할 것 같습니다."

철경이 대답했다.

"내일부터 일거리가 들어올 거다. 그때 너희들이 하나씩 처리해 주면 된다."

"일거리? 누가……."

철경은 대답하지 않았다.

그리고 실제로 그의 말이 맞았다. 일거리가 들어왔다.

하지만 내일이 아니라, 오늘부터 사람들이 찾아왔다.

가장 먼저 찾아온 사람은 황인관이었다.

덕령합 삼대 부호 중 하나인 그는 다른 사람을 만나길 원치 않았다.

오직 철경만 독대하려 했다.

철경은 단둘이 자리를 마련했다. 하지만 의외로 황인관은 상당히 망설였다. 그리고 철경은 그가 말을 할 때까지 기다려 주었다.

"사실…… 내가 찾아온 이유는, 협박을 받고 있기 때문이오."

활인관은 두 달 전부터 살해 협박을 받고 있다고 고백했다.

"개인 호위를 원하는 거요?"

"아니오. 우리 집에도 무사들은 충분히 있다오. 물론 삼대룡에 비할 바는 아니지만…… 아무튼 내가 걱정하는 건, 내 딸아이요."

그의 말에 의하면, 막내딸이 이번에 시집을 간다고 한다. 이틀 후에 출발해서 열흘 거리에 있는 옆마을로 가야 했다.

그녀의 보호가 문제였다. 그런데 황인관은 말을 어렵게 하는 걸까?

일종의 치부였기 때문이다.

"그러니까…… 이건 정말 다른 사람들은 모르는 일입니다, 꼭 비밀을 지켜줘야 합니다."

"알겠소."

"휴우. 사실 내 막내딸은 정실에서 나은 자식이 아니오. 좋은 곳에 시집보내기 위해 호적에 올렸지만, 첩에서 나은 자식이고, 정실은 좋아하지 않소. 그래서…… 혹여나……."

"정실이 협박을 핑계로 나쁜 짓을 벌일 수도 있다는 거요?"

"그, 그렇소."

정실이 살수를 고용하여 막내딸을 죽일 수도 있었다. 질투가 많은 여인이라 그럴 수 있다고 했다.

그래서 정실과 연관이 없는, 믿을 수 있는 외부 호위가 필요했다.

철경은 고민 끝에 승낙했다.

“왕복 거리가 있고, 열흘이나 걸리는 일이오. 오만 냥이오.”

“조, 좋소.”

철경은 진서를 불러서 사정을 설명했다.

진서는 인상부터 썼다.

“왜 난데? 호위라며? 도사를 보내.”

“시집가는 여자다. 남자가 보호하면, 구설수에 오를 수 있어.”

“하지만 옆 마을로 가는 데 십 일이나 걸린다며?”

“그래.”

“너무 오래 걸려. 난 안 갈래.”

“네가 한 짓을 잊었어?”

고의는 아니지만, 진서가 벌인 일이었다.

진서도 책임을 느끼고, 돈을 벌어야 했다. 진서는 작게 투덜거렸다.

“그래도…… 이왕 할 거 보호하는 것보다 죽이는 쪽이 좋은데.”

섬뜩한 말이지만, 그녀는 진심이었다.

사실 이번에 깨어날 때도, 진서는 기억이 조금 돌아왔다. 그래서 그런지, 그녀의 살기는 더욱 짙어졌다.

조금은 다듬을 필요가 있었다.

철경이 일부러 진서에게 맡기려는 이유이기도 했다.

"너는 뛰어난 살수다. 그러니 지키는 것도 잘할 거야."

"에잉. 그건 당연하지만. 그래도 죽이는 쪽이 재밌다고."

쉽진 않았지만, 결국 진서를 설득시켰다.

그리고 황인관 역시 마찬가지였다. 철경이 가지 않는다고 불만이 많았다.

하지만 그녀도 삼대룡 중 하나라고 설득했고, 결국 두 사람을 같이 보내는 데 성공했다.

그리고 떠나기 직전에, 철경이 전음을 보냈다.

[만약 네 상태가 안 좋으면, 그냥 돌아와라. 나머지는 내가 책임지겠다.]

[흥. 걱정 마라. 그놈의 도덕경만 외지 않으면 괜찮아. 그리고 정신은 더 또렷해졌어. 별일 없을 거야.]

늦은 밤인데도 사람들은 계속 찾아왔다. 그때부터는 철경은 태조인과 같이 맞이했다.

대체로 쉬운 부탁들이었다.

빌려준 돈을 대신 받아주거나, 개인 호위, 혹은 운송을 부탁하는 내용이었다.

철경은 세 가지 기준을 세웠다.

첫째는 돈이 되는 일, 둘째로 시간이 짧은 일만 받았다.

그리고 도의적으로 맞지 않은 일은 제외했다.

태전문의 평판을 위해서였다.

장인모는 장학비에게 모든 걸 말했다. 그 후에 토호들은 떠났고, 지금은 방에 두 사람만 남았다.

장학비가 장인모에게 다시 물었다.

"네가 보기에 그는 어떤 사람 같으냐?"

지금까지는 객관적인 정보만 들었다. 지금은 장인모의 주관적인 의견을 묻고 있었다.

장인모는 철경의 모습을 떠올리며 대답했다.

"처음에는 무식하고 무서운 사람인 줄 알았습니다. 그런데 지금 생각해 보면, 합리적으로 움직이더군요."

"그것뿐이냐?"

"그래도 무림인답게 막무가내로 움직이는 부분도 있었습니다. 설총문의 문주를 무지막지하고 때리고, 강제로 밀어붙였거든요. 저도 속은 시원했지만, 저런 식으로 해도 되나 싶을 정도로 심했습니다."

장학비는 고개를 끄덕였다.

문득 장인모도 궁금해졌다.

"아버님이 보시기에, 그는 어떤 사람 같습니까?"

"그는…… 굉장히 똑똑한 사람이다."

"네?"

장학비는 의아했다.

철경을 외형적으로 봐도, 그가 한 짓을 생각해도, 똑똑하다는 표현과는 멀었다.

"이유를 여쭤도 될까요?"

"지금 생각해 보니, 그의 행동은 하나하나 의미가 있었다."

"그런가요?"

"내 생각에는 처음 삼대룡이 등장한 건, 예상에 없던 일이었다. 최근 개파한 문파 입장에서는 최악의 사태니까. 마을 사람들을 다치게 했으니 평판이 떨어질 테고, 배상을 해주기 위해 큰돈을 썼을 거야."

장학비는 차를 한 잔 마시면서 말을 이었다.

"그 후에 그 남자는 언제든지 나를 찾아올 수 있었다. 하지만 일부러 대낮에, 황인관과 노호가 있는 시간에 찾아왔어. 우연일 수도 있지만, 이것도 노렸다는 생각이 드는구나."

"그 사람들을 통해 소문을 퍼뜨리기 위해서군요."

"그렇지. 그리고 설총문을 상대할 때도 마찬가지다. 얘길 들어보면, 그의 실력으로 쉽게 몰살시킬 수 있었어. 하지만 결과로 봤을 때, 문주 하나만 때렸을 뿐이다. 그 외 죽은 사람도, 다친 사람도 없지. 하지만 소문은 크게 퍼질 거야. 결국 태전문의 위상이 올라가겠지."

"아아. 그렇네요."

장인모는 자신도 모르게 감탄했다.

"소문은 점점 커질 테고, 여러 사람들이 태전문을 찾아가서 의뢰를 할 거야. 그럼 추가적인 수입도 생길 테고, 평판도 나아지겠지. 그는 이 한 번의 일로 판을 뒤집었다."

"으음."

"이대로만 간다면, 태전문은 덕령합에서 자리를 잡을거야. 그리고 철경이 있는 한 승승장구하겠지."

장학비는 단언했다.

그 말을 들은 장인모는 생각이 많아졌다.

'아버지가 이 정도로 칭찬하는 인물은 드문데.'

문득 고민이 되었다.

태전문이 그렇게 커지면, 경쟁자의 입장에서는 좋을 리 없었다.

이제 허종이 이쪽으로 올 것 같지도 않고, 고수를 구하기는 더욱 어려질 것이다.

그냥 문파를 만드는 일을 포기할까?

그럼 차라리 태전문으로 들어갈까?

닭의 대가리보다, 용의 꼬리가 나을 것 같은데.

장인모는 진지하게 고민하기 시작했다.

장학비는 그런 장인모를 유심히 보다가 자리에서 일어섰다. 그리고 한마디 던졌다.

"혹여나 쓸데없는 생각은 하지 말거라."

"네? 저한테 하는 말씀인가요?"

"철경은 보통 그릇이 아니야. 그리고 태전문은 앞으로 용담호혈이 될 가능성이 높아. 괜히 주변에서 얼씬거리지 말고, 그냥 작은 문파나 만들어 편하게 살란 말이다."

"아버지! 제가 편하게 살고 싶어 태어난 줄 아십니까?"

장인모는 버럭 소리를 지르더니, 밖으로 나가 버렸다.

그리고 곧장 태전문 쪽으로 달려갔다. 가서 분위기라도 살필 작정이었다.

반면 장학비는 창문으로 다가가서 그가 가는 모습을 지켜보았다.

'쯧쯧. 저 녀석은 언제쯤 철이 들지.'

사실은 반대였다.

아들에게 태전문으로 입문하라고 권하고 싶었다.

하지만 덜떨어진 아들은 자신의 말을 들을 리 없고, 그래서 일부러 반대로 얘기한 것이다.

과연 이 방법은 통했다.

'태전문은 태풍의 중심이 될 거야.'

그럼 아들을 위해서라도, 그리고 자신의 포목점을 위해

서라도 끈 하나를 이어두는 게 나을 거라 생각했다.

아들이란 끈을.

태전문은 다음 날에도 손님이 끊이지 않았다.

그중에는 장인모도 있었다.

밤새 고민하다가 아침에 들어온 것이다.

철경을 만나자마자, 당당하게 말했다.

"저는 태전문에 투자하러 왔습니다."

밤새 내린 결론이었다.

지금까지 모은 돈을 주고, 한자리를 차지할 생각이었다.

하지만 철경은 고개를 저었다.

"투자는 필요 없소."

"네에?"

"다음에 필요하게 되면 연락하지. 다음 사람 들어오시오."

"자, 잠깐만요. 그, 그럼 태전문에 입문하고 싶습니다."

철경은 그를 힐끔 보더니, 태무인에게 넘겼다.

태전문은 장인모를 다른 방으로 데리고 갔다. 그리고 자세히 설명했다.

"오해가 있을 것 같아서 미리 말씀드리겠습니다. 지금 삼대룡이라 부르시는 분들은 무공을 가르치지 않습니다.

그러니 삼대룡을 보고 오셨다면, 후회할 수 있는…….”

실제로 이런 사람들이 많았다.

삼대룡의 무위를 보고, 그들의 무공을 배우러 온 사람들이었다.

그래서 태무인은 가능한 자세히 알려주었다.

다음 손님은 덕령합에 유일한 표국인 대호표국의 국주였다. 그가 직접 방문했다.

“이번에 아주 귀중한 물건을 의뢰받았습니다. 그런데 저희 실력으로는 아무래도 걱정이 되어서 말입니다. 태전문에서 고수를 빌려주셨으면 합니다.”

왕복, 최소 보름은 걸리는 일이라고 언급했다.

철경은 이 일을 허종에게 맡겼다.

“네, 제가요?”

“그래.”

“알겠습니다.”

“출발은 이틀 뒤입니다.”

많은 사람들이 찾아왔기에 일거리는 굉장히 많았다.

철경은 그 일을 직접 처리하기 위해 움직여야 했고, 태무경이 혼자 사람들을 맞이했다.

그리고 문주인 태조인까지 나서서 일을 쳐내기 바빴다. 태전문의 모든 사람들이 움직였는데, 특히 산호와 철경은 하루에 세 개씩 일을 처리했다.

며칠 후, 마을에서 땅이 제일 많은 토호, 노호가 찾아왔다.

그는 화통한 성격답게 단도직입적으로 요구했다.

"도박장을 박살 내주시오."

이곳 덕령합에는 도박장이 없었다.

대신 여기서 이틀거리에 있는 공촌이란 마을에 큰 도박장이 있었다.

노호는 거길 언급하고 있었다.

며칠 전에 놀러 갔다가, 돈을 크게 잃었다고 한다.

"내가 돈 몇 푼 때문에 이러는 게 아니오. 돈을 잃어도 내 책임이니, 그러려니 넘어가려 했소. 그런데 어젯밤 내가 무슨 말을 들었는지 아시오? 공촌에서 친구가 놀러왔는데, 도박장 놈들이 내 돈을 뺏기 위해 짜고 쳤다는 소문을 들었소. 나를 호구처럼 가지고 논 거지. 내가 그건 못 참겠소."

마침 그때 철경이 일을 끝내고 돌아왔고, 태무인은 그를 불렀다.

철경은 노호의 의뢰를 듣더니, 그에게 물었다.

"얼마를 잃으셨소?"

"흠흠. 만 냥 정도 잃었소."

"솔직히 말해주시오."

"흐흐음. 사실은…… 삼만 냥 잃었소."

그러자 철경이 물었다.

"그럼 도박장을 부수기보다, 삼십만 냥을 뺏는 건 어떻소?"

"사, 삼십만 냥을? 가능하오?"

"대신 원금 삼만 냥을 제외하면 나머지는 내가 갖겠소. 그리고 의뢰비는 별도 지급이오."

노호는 크게 소리쳤다.

"말했듯이 돈은 상관없소. 정말 그 얌체들에게 혼낼 수만 있다면, 태전문이 다 가져가시오."

"좋소. 그럼 갑시다."

"지금요?"

"자금이 삼만 냥 정도 필요하니, 준비하고 한 시진 뒤에 봅시다."

"그, 그럽시다."

철경은 자신의 방으로 가서 가면을 챙겼다.

그리고 노호와 같이 옆 마을로 향했다.

그런데 그들이 간 직후였다. 이번에는 마을의 현령이 직접 찾아왔다.

태무경은 놀라서 맞이했다.

"현령님. 어쩐 일이십니까?"

"사실 내가 부탁할 건 아니고, 일을 소개시켜 주려고 왔네."

그와 같이 온 사내가 있었는데, 표정이 무척 어두웠다.

그가 입을 열었다.

"안녕하십니까? 저는 수주에서 온 진가라고 합니다."

북쪽으로 십 리나 떨어진 마을이었다. 그리고 진가는 공수의 현령의 먼 친척이라고 설명했다.

"사실, 저희 마을에서 흉흉한 사건이 벌어지고 있습니다. 벌써 아홉 명이나 죽었습니다."

그들은 모두 잔인하게 살해당했다고 한다.

연쇄 살인 사건이었고, 관에서도 전력을 다해 수사를 하고 있었다. 하지만 그것을 비웃기라도 하듯 사람들은 계속 죽어 나갔다.

진가는 눈물을 뚝뚝 흘렸다.

"제, 제 아내도…… 크흐흑. 제 아내도 죽었습니다. 잔칫집에 일을 도와주러 갔는데 돌아오지 않아서…… 밤새 찾았는데, 다음 날 너무 끔찍한 모습으로…… 흐흐흑."

자식이 세 명이고, 막내는 아직 젖을 떼지 못했다고 한다.

"아내가 너무 억울하고 불쌍해서…… 친척인 공수의 현령님을 찾아왔습니다."

하지만 공수의 현령에게도 딱히 방법이 있는 건 아니었다. 남의 관할이라 참견하기도 힘들고, 사건을 금방 해결할 능력이 있는 것도 아니었다.

공수의 현령은 태무경에게 말했다.

"그러다가 삼대룡에 관한 소문을 들었네. 혹시 방법이 있을까 해서 왔는데…… 만약 사건을 해결해 준다면, 내 약조하지. 앞으로 태전문이 무슨 일을 벌이든, 내가 적극적으로 도와주겠네."

"알겠습니다. 저희도 범인을 찾을 수 있도록 최선을 다해 보겠습니다. 그런데, 지금 삼대룡 모두 자리를 비운 상황이라…… 아, 잠시만요."

철경에게 맡기고 싶지만, 그는 이미 자리를 비운 상태였다. 그런데 마침 창문으로, 산호 도사가 일을 끝내고 오는 모습을 봤다.

태무경은 그에게 달려갔다.

그리고 사정을 설명하니, 산호는 크게 분노했다.

"어떻게 사람으로서 그런 짓을 벌일 수 있을까요? 네. 제가 가겠습니다. 반드시 그 살인자를 잡아내겠습니다."

그는 아내를 잃은 진가도 진심으로 위로했다.

굉장히 적극적으로 나서면서, 산호 역시 북쪽으로 향했다.

진서는 뚱한 표정으로 앉아 있었다.

황인관의 딸인 황인수는 눈치를 보면서 조심스럽게 물었다.

"괜찮으세요?"

"안 괜찮아."

"어디가 불편하신지……."

"심심해."

"네?"

"심심하다고. 이렇게 느려빠진 마차에 타고 어느 세월에 도착하냐?"

솔직히 진서가 마음먹으면 반나절이면 갈 수도 있는 거리였다. 그런데 온갖 혼수를 싣고 있기에 속도가 느려졌다.

물론 마차 안은 넓고 편안해서 불편하진 않았다.

하지만 가만히 앉아서 아무것도 안 한다?

이 점이 가장 힘들었다.

반면 황인수도 불편하긴 마찬가지였다.

그녀도 귀가 있어 삼대룡에 대해서 들었었다. 그래서 조심스러웠고, 기대를 한 것도 사실이다.

하지만 막상 만난 여자는 너무나 이상했다.

작은 비단 강보를 소중한 듯 꼭 안고 있었다. 그리고 그녀의 말투는 어린아이 같았다.

하는 행동도 바르지 못하고, 참을성이라고는 먼지 한 톨도 없었다.

참을성과 예의를 중시하던 황인수 입장에서는 정말 이해할 수 없는 여자였다.

그리고 자신이 위험하다는 것도 의문이었다.

'정말로 나를 노리는 사람이 있을까?'

자신이 첩의 자식인 걸 알고 있었다.

정실부인인 가부용에게 항상 미움을 받아왔기에 모를 수가 없었다.

어릴 때부터 눈치를 주고, 나중에는 대놓고 멸시한 적도 있었다.

그래서 더욱 조용히 지냈다.

말썽 안 피우기 위해 노력했고, 혼인해서 떠나기만 바랐다.

다행히 소원은 이뤄졌다. 먼 곳에서 혼처가 들어왔고, 이번에 가면 절대 돌아오지 않을 작정이었다.

어차피 재산을 받을 생각도 없는데, 왜 자신을 죽이려 할까? 안 볼 사이인데.

하지만 아버지인 황인관이 간곡히 부탁했었고, 어쩔 수 없이 진서라는 여자와 동행하고 있었다.

황인수는 자신이 만들고 있는 자수를 보여주었다.

"너무 심심하시면, 이거라도 가르쳐 드릴까요? 시간이 정말 잘 가는 취미예요."

진서는 자수를 멀뚱히 보더니, 갑자기 자수를 뺏었다.

"어머, 뭐 하시는 거예요?"

"잠깐 기다려 봐."

진서는 바늘을 만지작거렸다. 그리고 자수를 물끄러미

보더니 손을 휘휘 내저었다.

바늘이 빠르게 움직였다. 자수 위를 춤을 추듯 날아다녔고, 자수는 빠르게 완성되어 갔다.

황인수는 너무 놀라서 눈이 두 배로 커졌다.

"세상에, 어떻게 이렇게 빨리…… 그리고 너무 완벽해요."

자신도 잘하는 축에 속한다고 자부했던 자수였다. 그래도 최소 일주일은 걸릴 양이었는데, 진서는 반각도 안 되어 끝내 버렸다.

그렇다고 품질이 떨어지는 것도 아니었다.

바늘땀이 일정했고, 결은 매끄러웠다. 너무나 훌륭한 작품이다.

지금까지 봤던 어떤 자수보다 완벽했다.

진서 역시 놀란 눈으로 자신의 손에 있는 바늘을 바라보았다.

"오늘 처음 했는데…… 이상하게 익숙하네."

"처음이라고요? 말도 안 돼요."

"아, 내가 기억을 잃어버렸거든. 어쩌면 내가 과거에 자수를 좋아했나 봐."

기억이 많이 돌아왔지만, 그래도 많은 부분이 안개 속에 쌓여 있었다.

그래도 손이 기억하고 있는 것 같다. 아마 마음만 먹으면, 하루에 수십 개도 만들 수 있을 것 같았다.

황인수는 너무 신기한 듯 진서를 바라봤다. 그녀에 대한 호감이 급격히 올라갔다.

진서가 기억을 잃은 것도 안 되 보였고.

황인수는 마차의 수납장에서 여러 가지 물건을 꺼냈다.

그중에는 자신이 제일 아끼던 자수도 있었다.

자수의 명인이 만든 작품으로, 예전에 선물 받고 고이 모셔놓은 작품이었다. 언젠가는 따라 만들고 싶었지만, 너무 어려워서 몇 번이고 실패했었다.

"언니, 혹시 이것도 하실 수 있으세요?"

진서는 어깨를 으쓱이며 대꾸했다.

"글쎄. 할 수 있을 것 같긴 한데. 흠흠. 그런데 언니라고?"

"네에. 저보다는 나이가 많으셔서…… 혹시 기분 나쁘세요?"

"아니야. 언니라고 불러. 언니라고 하니까 기분 좋네."

진서는 웃으면서 바늘을 들었다. 그리고 친절히 말했다.

"내가 너무 빠르지? 조금은 천천히 움직여 볼게. 동생이 잘 볼 수 있게."

"고마워요. 언니."

그렇게 둘의 사이가 조금씩 풀어지고 있었다.

그리고 다음 날 오후였다.

이날도 자수를 하고 있는데, 갑자기 진서가 웃었다.

"와하하. 드디어 나타났다."

표정이 환해지면서 진심으로 기뻐했다.

황인수가 물었다.

"언니, 뭐가 나타나요?"

"그놈들이 온 거 같다."

"누가 오기로 했나요?"

"기다려 봐."

진서는 마차 안에서 사라졌다.

혼수는 사두마차 두 대와 짐마차 열 대 분량이었다.

그래서 천천히 움직이고 있는데, 그것을 오 장 밖에서 바라보는 사람들이 있었다.

하나같이 검은 복면을 쓰고, 검을 들고 있었다. 검의 날은 빛이 반사되지 않게 검은색으로 칠했고, 숨소리도 들리지 않았다.

기척을 숨긴 모양새가 살수였다.

그들 뒤에 진서가 나타났다.

살수들은 마차에 집중하느라, 진서가 있는지도 몰랐다.

진서사 혀를 차며 속삭였다.

"쯧쯧. 너희들은 살수 훈련을 더 해야겠다."

"허억."

살수들은 놀라서 벌떡 일어났다. 주변의 살수들도 황급히 물러섰다. 그리고 일사불란하게 진서에게 달려들었다.

"쯧. 멍청하기까지 하네. 상대를 볼 줄 몰라? 안 될 것 같으면 도망쳐야지. 뭣하러 덤벼?"

나름 진심 어린 충고였지만, 그런 것은 통하지 않았다.

그들은 부나방처럼 달려들었다.

그리고 진서는 자신을 공격하는 적을 봐주는 사람이 아니었다.

그녀의 검이 빛으로 환해 뿌려졌다.

스걱. 스걱.

순식간에 살수 열두 명이 목숨을 잃었다.

진서는 시신들을 보면서 중얼거렸다.

"에잇. 준비 운동도 안 되네."

그녀는 나무 위를 쳐다보면서 소리쳤다.

"야. 다음에는 좀 더 괜찮은 놈들로 데려와. 알겠지?"

그리고 마차로 돌아갔다.

나무 위에는 견습 살수가 숨어 있었다.

의뢰가 들어오면, 견습 살수는 멀리 숨어서 지켜보는 건 일종의 전통이었다.

숨어 있던 살수는 진서가 사라지자, 그제야 숨을 쉬었다.

"후우웅. 제기랄. 숨까지 참았는데, 어떻게 알았을까?"

지금은 그게 중요한 게 아니었다.

살수들은 전멸했고, 의뢰는 실패했다. 그리고 굉장한 고수가 붙어 있다.

문주에게 한시라도 빨리 보고해야한다.

철경은 도박장으로 들어가기 전에, 미리 준비해 온 물건을 꺼냈다.

예전 추신검문을 처리할 때 썼던 가면이었다.

그때와 다른 점은 눈 모양으로 뚫려 있는 부분이 가려져 있었다.

천잠사를 여러 겹 덧대어 금륜안의 안광이 새어 나오지 않게 만들었다.

금륜안을 숨기기 위한 장치였다.

물론 평소에는 시야가 가려서 조금 답답하다. 하지만 금륜안을 사용하면 어차피 꿰뚫어 볼 수 있기에 상관없었다.

철경은 가면을 쓰고, 죽립까지 쓰고 도박장 안으로 들어갔다.

입구에서 노호에게 말했다.

[말했듯, 도박은 노호, 당신이 하는 거요. 종목은 주사위를 선택하고, 나는 호위무사라고 둘러대시오. 참고로 내가 하는 말은 무조건 따라야 하오.]

"알겠네."

[앞으로는 대답도 하지 마시오. 들고 있는 부채로 어깨

를 치면서 대답하는 거로 알겠소. 그리고 만약 하고 싶은 말이 있으면, 바람을 쐬고 싶다며 밖으로 나가시오.]

노호는 부채를 들어 자신의 어깨를 툭툭 쳤다.

[좋소. 참고로 내가 모든 도박에 관여하지는 않을 거요. 평소와 다름없이 하되, 내가 말한 판에는 무조건 내 말을 따르는 거오. 만약 내 말을 듣지 않을 시에는, 나는 즉시 떠나겠소.]

노호는 다시 어깨를 쳤고, 때마침 분향을 풍기는 기녀가 다가왔다.

"어머, 노 대인, 오랜만에 오셨네요."

철경에게 말한 것과는 다르게 노호는 도박장을 많이 왔었다.

거의 단골 수준이었고, 여기서 일하는 기녀들도 알고 있을 정도였다.

다른 기녀와 점원들도 다가왔다.

"대인 보고 싶었어요."

"지난번에는 재미를 못 보셨죠? 이번에는 꼭 따셔야죠."

"늘 하시던 검패 판으로 모실까요"

"어머, 이분은 누구예요? 정말 크시다."

노호는 억지 미소를 지었다.

'흥. 호구 왔다고 좋아하는 거겠지.'

예전에 마냥 좋아했지만, 진실을 알고 나자 속이 부글부

글 끊었다.

"흠흠. 이놈은 새로운 호위무사야. 그리고 오늘은 검패 대신 주사위를 해보려고 하니, 그쪽으로 안내하거라."

"알겠습니다. 대인. 술은 어떡할까요?"

마시고 싶은 기분은 아니었다. 하지만 평소에 다름없이 하란 말이 생각나서 소리쳤다.

"늘 먹던 걸로 가져와."

"네. 알겠습니다. 준비해 드리겠습니다."

노호와 철경은 삼 층으로 안내받았다.

일 층, 이 층은 일반인들을 위한 도박판이다. 그래서 판돈이 낮았다.

"으하하하. 걸렸다."

"안 돼!"

"에이 씨발."

이른 저녁인데도 벌써 수백 명이 모여 있었다.

여기저기서 탄식과 환호소리가 들렸고, 인간의 희로애락이 담겨 있었다.

노호와 같은 부호나, 고위 관리들은 삼 층으로 올라갔다.

그곳은 조용했고, 고급스러우며, 판돈이 컸다.

주사위판으로 안내받았다.

판은 대리석으로 만들어졌고, 상아로 만든 주사위를 굴렸다. 도박판을 돌아다니는 점원조차 비단옷을 입었다.

이곳은 아래층처럼 사람이 많지 않았다.

주사위도 약 스무 명만 즐기고 있었다. 그래도 판 위에 쌓인 돈은 아래쪽보다 다섯 배는 많았다.

"소(小) 나왔습니다."

"어이구야."

"에이. 소로 걸려고 했는데."

주사위 도박에도 여러 종류가 있었다. 노호는 제일 간단한 판으로 향했다.

결과가 빠르기에 인기가 많은 곳이다.

규칙은 간단했다.

주사위 두 개를 통에 넣고 흔든다. 그대로 통을 뒤집어 주사위가 보이지 않게 한다.

그 상태에서 사람들은 돈을 걸었다.

소(小)와 중(中), 대(大). 셋 중 하나만 걸 수 있다.

두 개의 주사위 합이 이에서 육까지는 소(小,) 팔부터 십이까지는 대(大)로 구분한다. 그리고 합이 칠이 나오면, 중(中)이었다.

돈을 걸 수 있는 상한선은 십만 냥, 맞히면 두 배를 받았고, 지면 잃는 구조였다.

단, 중(中)은 확률이 낮기 때문에 이기면 세 배를 받을 수 있었다.

노호가 자리에 앉자마자 철경이 전음을 보냈다.

[지금 당장 소에 삼만 냥을 거시오.]

노호는 움찔 놀랐다.

오늘 큰마음 먹고 삼만 냥을 가지고 왔다.

그런데 첫판부터 다 걸라니?

보통 부자 소리를 듣는 사람들도, 천 냥 단위로 걸고 있었다.

하지만 노호는 눈을 감고 삼만 냥을 소로 던졌다.

"허억."

"누구야?"

"노 대인이잖아? 대인 오늘은 일찍 집에 가려는 거요?"

노호는 너스레를 떨었다.

"하하하. 내가 요즘 첫 끗발이 좋잖아."

단 한 사람, 도박을 주관하는 사내만 표정이 굳어졌다.

하지만 이미 엎질러진 물이고, 이를 악물며 통을 열었다.

주사위는 일(一)과 삼(三).

"소(小), 소다."

"우와. 소가 나왔어."

"노 대인, 대단한데요."

"하하하. 말했지. 요즘 첫 끗발이 좋다니까."

그는 크게 소릴 질렀다.

그에게 삼만 냥의 두 배인 육만 냥이 주어졌다.

"하하하. 좋아. 주사위 빨리 잡으라구."

다시 주사위 담은 통이 뒤집어지고, 철경이 전음을 보냈다.

[소, 오만 냥.]

말이 끝나기 무섭게 노호가 소리쳤다.

"좋다. 느낌이 왔어. 이번에도 소다."

오만 냥을 소에 던졌다.

다른 사람들도 노호를 따라 걸었다.

반은 장난으로, 또 반으로 혹시나 하는 마음으로 따라왔다.

소에 수십만 냥이 모였다.

주사위를 굴린 점원은 등에 땀을 흘리며 통을 열었다.

이(二)와 삼(三)

"으아아악. 또 소다."

"우하하하."

"노 대인. 오늘 정말 날 잡았소?"

"최고요."

분위기가 달아올랐다.

다른 판에 있던 사람들도 이쪽으로 모여들었다. 어서 주사위를 굴리라고 점원을 재촉했다.

점원은 당황했고, 통을 잡는 손이 조금씩 떨렸다.

그때 그의 어깨를 붙잡는 사람이 있었다.

"여기서부터는 내가 하지."

눈빛이 날카로운 중년인이었다.

구세주라도 만난 것처럼 점원은 고개를 숙이고, 물러섰다.

중년인이 탁자 앞에 앉았다.

사람들에게 고개를 숙여 인사했다.

"지금부터는 제가 진행하겠습니다."

그의 이름은 유이삼.

전문 도박꾼이었다.

유이삼은 도박판에 들어온 지 십 년이 넘었다.

처음에는 전 재산을 잃을 정도로 고생했었고, 우연히 은인을 만나서 인생을 역전했다.

그분에게 좋은 기술을 몇 가지 배웠고, 그것 때문에 명성도 제법 얻었었다.

그러다가 도박장에 취업했다.

돌아다니는 것도 지겨웠고, 한 자리에 정착하고 싶었기 때문이다.

지금은 실력을 인정받아 총책임자의 자리에 있었다.

지금 분위기는 상당히 위험했다.

손님들이 집단적으로 움직이면 금액이 너무 커진다. 특히 부자들은 돈의 단위가 크고, 주사위 도박은 한곳으로 몰린다는 특징이 있었다.

재수 없으면, 백만 냥 단위도 움직일 수도 있으며, 그럴 경우 도박장이 흔들릴 수도 있었다.

이럴 때는 기술을 써야 한다.

지금 사람들은 딴 돈을 받으면서, 흥분한 상태였다. 이 틈에 주사위를 바꿔치기 했다.

아무도 몰랐지만, 철경은 그걸 보고 있었다.

유이삼이 바뀐 주사위를 통에 넣고 흔들었다.

바닥에 놓는 순간, 철경은 금륜안으로 통안을 확인했다.

지금 주사위는 이(二)와 육(六)으로 놓여 있었다.

[다음 판에는 대에 이만 냥을 거시오. 질 수도 있으니, 표정 관리 잘하시오.]

노호는 어깨를 두드렸다.

다른 손님들도 대(大)로 걸었다.

유이삼이 태연한 얼굴로 통을 붙잡았다. 그리고 통을 여는 순간, 주사위 하나가 반 바퀴 굴렀다.

육(六)이 일(一)로 바뀌었다.

"소다."

"에이이. 망했다."

"역시 노 대인은 첫 끗발이 개 끗발이었군."

"허허허. 그쪽 말대로 내 운이 다했나 보군. 앞으로는 조심히 걸어야겠어."

노호는 미리 경고를 들은지라, 크게 놀라지 않았다. 괜히 너스레를 떨면서 연기를 했다.

[당분간은 평소대로 도박하시오.]

노호는 철경의 말을 듣고, 평소대로 일천 냥, 이천 냥씩 돈을 걸었다.

그리고 철경은 도박꾼이 어떤 속임수를 쓰는지 살폈다.

간단했다.

그가 바꾼 주사위는 안에 납이나 추가 있는 것 같았다. 그것 때문에 무게 중심이 달랐고, 던지면 무조건 같은 숫자만 나왔다.

도박꾼의 품속에는 다섯 쌍의 주사위가 있었고, 계속 주사위를 바꾸었다.

주사위마다 나오는 숫자가 달랐다.

그리고 상황에 따라 적게 걸린 쪽으로 주사위를 바꾸었다. 통을 들어 올리는 순간 내공을 써서 슬쩍 건드린 것이다.

연습을 많이 했는지, 원하는 숫자로 바꿀 수 있는 것 같았다.

'저 주사위를 사용하는 한, 이기기 힘들겠군.'

다행히 그는 매번 사기용 주사위를 사용하지 않았다.

무공을 쓰는 데 한계가 있는지, 본인이 피곤한지, 일반 주사위를 주로 이용했다.

흘러가는 대로 두다가, 도박장이 큰 손해가 일어나면, 사기 주사위로 바꾼다.

그렇게 손실을 막고 나면 다시 일반 주사위로 돌렸다.

상황을 이끌어 가는데, 굉장히 능숙했다.

철경 역시 한 번에 오십만 냥을 다 딸 생각은 없었다.

그럴 경우 의심을 받을 수 있으니, 당분간 가만히 지켜보았다.

벌써 한 시진이 넘었다.

도박하는 사람들은 모르지만, 그들의 돈은 조금씩 도박장으로 흘러가고 있었다.

돈을 딴 사람은 일부분이고, 대부분은 돈을 잃고 있다. 물론 돈을 딴 사람도 계속 도박을 할 테니, 결국은 도박장만 돈을 버는 셈이다.

노호 역시 마찬가지였다.

그는 도박에 심취했고, 점점 돈을 잃었다.

철경 덕에 크게 땄지만, 지금은 육만 냥까지 잃은 상태였다.

'이쯤이면 되겠군.'

마침 도박꾼이 지금 일반 주사위를 사용하고 있었다.

철경은 은밀하게 도박꾼으로 다가갔다.

은밀함이란 주위의 환경에 동화되는 것을 뜻한다.

몸이 얼마나 크고 작은지는 중요하지 않았다.

급할 것 없으니, 여유를 가지고 조금씩 움직였다.

목하시류결을 이용해 부드럽게 경공을 사용하면서 어둠에 녹아들 듯, 군중 속으로 파고들었다.

철경이 옆에 지나가는데도 그 누구도 눈치채지 못했다.

그렇게 있는 듯, 없는 듯, 도박꾼의 뒤에 섰다.

그와의 거리는 반 장 정도.

이미 그가 사기용 주사위를 어디에 숨겼는지 파악해 놓았다.

왼쪽 허리춤에 작은 주머니를 만들어 놓고, 그 안에 넣어두었다.

주사위만 열 개.

철경은 자신 앞에 있는 남자를 슬쩍 밀었다. 그는 넘어지면서 앞사람을 밀었고, 도박꾼 쪽으로 세 사람이 쓰러졌다.

"어헛."

"누구야?"

"누가 밀어?"

"어이쿠. 죄송합니다."

도박꾼은 사람들에게 밀리면서 인상을 썼다.

"제 뒤로 오지 마십시오. 앞으로 제 몸에 손대면 규칙 위반으로 쫓겨날 겁니다."

"뒤에서 밀었다니까요."

그렇게 작은 소란이 벌어질 때, 철경은 강천뇌지를 날린 후였다.

이번에는 지법에 목하시류결을 섞었다.

빠른 것보다 은밀하게 도박꾼의 비밀 주머니를 스쳐 지

나갔다.

옷을 꿰뚫는 대신 주사위만 부쉈다.

은밀하게 속을 파괴하는, 암(暗)의 계열과 비슷했다.

"빨리 던지시오"

"안 하는가?"

"기다리고 있잖아."

도박의 열기는 여전했다.

모두 빨리 주사위를 던지기를 원했다. 유이삼은 마음을 다스리며, 주사위를 던졌다.

그는 무슨 일이 있었는지 짐작하지도 못했다.

철경은 노호에게 전음을 보냈다.

[중(中) 육만 냥 전액.]

노호는 깜짝 놀랐다.

갑자기 육만 냥 전부를?

잠깐 고민했지만, 답은 정해졌다. 끝까지 믿기로 마음먹었다.

노호는 이를 악물며 소리쳤다.

"에잇. 기분이다. 느낌이 왔어. 내 남은 돈을 모두 한 곳에 걸지!"

그는 정말로 육만 냥을 던졌다.

중(中)이다.

확률이 가장 낮은 곳이었다. 반면 이겼을 때는 원금의

세 배를 받을 수도 있었다.

"우와아아아."

"역시 노 대인, 통이 크시네요."

"정말 집에 가려나 보네."

누구는 감탄했고, 누구는 비웃음을 보냈다.

분명한 건, 사람들은 흥분했다.

금액은 커졌고, 자신의 일이 아니니까. 보는 재미가 있었다.

반면 유이삼은 살짝 긴장했다.

지금은 통 안에는 어떤 숫자가 있는지 모른다. 그러니 기술을 쓸 수 없었다.

'아니겠지. 아닐 거야. 확률적으로 아닐 가능성이 높아.'

그렇게 믿고 통을 들었다.

그의 얼굴이 흙빛으로 변했다.

"우와아아아. 칠(七)이다. 칠이야."

"육만 냥의 세 배면 얼마야? 십팔만 냥이야?"

사람들은 극도로 흥분했다.

승부수를 띄운 노호에게 감탄했고, 축하했다. 또 부러워했다.

노호는 이 기분을 충분히 만끽했다.

반대로 유이삼은 마음이 급해졌다.

도박장에서 감당하지 못할 돈은 아니지만, 출혈이 제법

켰다.

재빨리 회수해야 한다.

어떻게든 이번에 이겨서 만회해야 한다.

그는 비밀 주머니에 손을 넣어서 사기용 주사위를 꺼내려 했다.

'어?'

이상했다.

주사위 열 개가 모두 부서져 있었다.

등 뒤로 식은땀이 흘렀다.

'어떻게 이런 일이…….'

"뭐 하시오?"

"빨리 주사위 던져."

"기다리는 거 안 보이오?"

사람들은 다시 소리쳤다.

그들도 전부 돈을 들었다. 돈을 걸 생각이다.

유이삼은 도박을 멈추고 싶었다.

자신의 방에 가서 사기용 주사위를 가지고 오고 싶었다.

하지만 벌써 한 손에 통을 들고 있었고, 규칙상 중간에는 바꿀 수 없었다.

이번 판은 무조건 자신이 해야만 했다.

"끄응."

수십 명이 지켜보고 있었다. 한 명 한 명 만만한 사람이 없었다.

고위직 관리부터, 마을에서 알아주는 부자들이었다.

그들이 짜증을 내고, 빨리 던지라고 보채고 있으며, 멈출 방법이 없었다.

'제기랄. 한 번이면 된다. 이번 한 판만 넘기면, 다음에 새로운 주사위를 가져오면 돼.'

그는 노호를 바라봤다.

이번에는 얼마를 걸까?

부디 적게 걸기 바라며 주사위를 통에 넣었다.

덜거럭. 덜거럭

퉁.

바닥에 놓자마자, 노호가 돈을 걸었다.

방금 전에 딴 십팔만 냥 전액이었다.

"에이씨. 기분이다"

철경의 말을 듣고, 전액을 던진 것이다.

말이 떨어지기 무섭게 다른 사람들도 따라왔다.

"으하하하. 그럼 나도 중이다."

"오늘 노 대인 정말 화끈하네."

"나도 중으로 갑니다."

분위기에 취해서 대부분의 사람들도 중으로 따라왔다.

부자들이 마음먹고 돈을 걸었다.

금액은 가파르게 올라갔고, 그렇게 모인 돈만 약 오십이만 냥이었다.

최근 십 년간 도박장에서 가장 많이 모인 금액이었다.

만약 잃는다면, 백오십만 냥에 가까운 돈을 잃을 수 있었다.

도박장이 휘청거릴 수 있는 돈이었다.

유이삼은 바싹 입술이 말라왔다.

그가 통에 손을 가져갈수록 사람들은 입을 다물었다.

숨소리조차 줄어들면서 쥐 죽은 듯이 조용해졌다.

그리고 통을 여는 순간, 유이삼은 털썩 주저앉았다.

주사위는 오와 이, 칠(七)이었다.

"우아아아. 중이다."

"중이야. 이럴 수가."

"으하하하하."

사람들은 동시에 소리쳤다.

우레와 같은 함성으로, 도박장이 흔들릴 정도였다.

무려 백오십육만 냥이다.

이 도박장이 개파 한 후에 가장 큰돈을 잃어버린 셈이다.

이 소식은 곧바로 도박장의 주인, 홍수록에게 전해졌다.

홍수록은 먹고 있던 술까지 뿜었다.

뿌우웃.

"어, 얼마라고?"

"배, 백오십육만이라고 합니다."

"어떻게 된 거야? 어떻게 된 거냐고?"

"그게 삼 층에서……."

"아니야. 아니야. 일단 가자. 가면서 듣자고. 그리고 유이삼, 어딨어? 유이삼 불러와."

"알겠습니다."

홍수록은 자세한 설명을 들으면서 삼 층으로 내려갔다.

그곳은 이미 축제 분위기였다.

웃고 즐기면서 술을 마시고 있었다.

그 중심에는 노호가 있었다.

껄껄 웃으면서 다른 사람들이 주는 술잔을 받고 있었다.

그가 앉은 탁자에는 은이 수북이 쌓여 있었고, 그의 호위무사로 보이는 자가 돈을 쓸어 담고 있었다.

마치 도박장을 떠나려는 것 같았다.

'이대로 간다고? 어림없지.'

백오십육만 냥이면 도박장의 일년 치 수익과 맞먹는다.

어떻게든 다시 도박판에 앉혀야 한다. 그래서 돈을 회수해야지.

"장주님."

마침 굳은 얼굴의 유이삼이 다가왔다.

홍수록은 그에게 따졌다.

"어떻게 된 거야? 백오십만 냥이라니. 무슨 일이 벌어진 거야?"

"아무래도 제가 당한 것 같습니다."

"당하다니? 설마 꾼이야? 전문 도박꾼이 우리 도박장에 왔어?"

"제가 웬만한 도박꾼들은 알고 있는데…… 아는 얼굴은 없습니다. 아무튼 회수할 방법이 있습니다."

유이삼의 말에 홍수록은 흥분을 가라앉혔다.

그는 목소리를 낮추며 물었다.

"말해봐?"

"정말 다행스럽게도, 제 은인이 지금 저희 집에 계십니다. 그저께 잠깐 놀러 오셨는데, 그분께 부탁드리는 겁니다."

"은인이라면…… 설마 만묘신수님을 말하는 건가?"

"맞습니다."

홍수록은 그의 이름을 듣자마자 다시 흥분했다.

만묘신수 반건위는 도박 세계에서 전설이나 다름없었다.

지금은 은퇴했다고 하던데, 그를 볼 수 있다는 생각에 백오십만 냥도 잠시 잊어버렸다.

"그, 그분께서 우리 일을 도와주실까?"

"도박을 끊은 지 십 년이 넘었지만, 이번에는 제가 말도 안 되게 당했으니까요. 아마 흥미를 가지실 겁니다."

"그럼 뭐 하는가? 어서 모셔오게."

"네. 저들을 일각만 붙잡아주십시오."

"나에게 맡겨."

유이삼은 서둘러 밖으로 나갔다.

그리고 홍수록은 미소를 지었다.

"흐흐흐. 그분을 영접할 수 있다면, 그 돈이 아깝지 않지."

그리고 노호에게 걸어갔다.

"아이고. 노 대인. 오늘 횡재하셨습니다."

"오오. 홍 장주 왔는가? 허허. 오늘은 내가 재미 좀 봤네. 속 좀 쓰리지?"

"하하. 그렇습니다. 속이 많이 쓰려서 약이라도 먹어야 할 것 같습니다. 하하하."

홍수록은 최대한 비위를 맞추면서 그를 붙잡으려 했다. 자꾸만 가려는 노호에게 최상의 술과 음식을 공짜로 대접했다.

"꺼억. 저놈이라고?"

기골이 장대하고, 수염이 가시처럼 뻗쳐 있는 노인이었다.

그런데 얼굴이 붉고, 눈이 살짝 풀려 있었다. 또 손도 조금씩 떨리는 것이 술을 많이 마신 것 같았다.

'저 노인이 정말, 만묘신수라고?'

어릴 적부터 그의 무용담을 수도 없이 들었다. 수많은

고수와 말도 안 되는 내기를 하고, 결국 이기는 이야기를 들을 때마다 짜릿했던가?

그는 누구보다 똑똑했고, 식견이 높았으며, 아는 것이 많았다.

일종의 우상이었는데…….

저런 모습이 아니었다. 상상했던 것과 너무 다르다.

속마음이야 어쨌건, 홍수록은 반갑게 그를 맞이했다.

“신수님, 어서 오십시오.”

노인은 고개만 까닥거렸다.

그리고 노호를 보면서 고개를 갸웃거렸다.

“별놈 아닌데.”

유이삼은 반건위에게 고개를 숙였다.

“죄송합니다. 어르신. 제가 부족해서 진 것 같습니다.”

“뭐, 도박이라는 것이 이길 때가 있으면 질 때도 있으니까. 그나저나 저놈은 도박을 못 할 것 같은데, 어떻게 진 거냐?”

“사실, 주사위가 망가져 있었습니다.”

“망가져 있었다라? 자세히 말해 보거라.”

도박꾼은 직접 망가진 주사위를 보여주었다.

반건위는 주사위를 유심히 보더니, 도박꾼의 비밀 주머니까지 살폈다.

그는 빙그레 웃었다.

"후후. 여기에 고수가 있구나."

그는 무공으로 주사위만 망가뜨린 걸, 한눈에 눈치챘다.

"문제는 그 고수가 누구인가인데, 오오. 찾았다."

"벌써 찾으셨나요?"

"간단해. 이곳에서 나만큼 강해 보이는 놈은 하나밖에 없잖아."

"누굽니까?"

반건위는 대답 대신 그에게 다가갔다. 흐리멍덩했던 눈빛이 어느새 반짝이고 있었다.

철경은 노호에게 빨리 가자고 재촉했다.

하지만 노호는 조금 기다려 달라며 시간을 끌었다. 그는 승리의 기분을 만끽하고 있었다.

늑장을 부리는 모습을 보면서 조금 답답하던 찰나였다.

노인 한 명이 어슬렁거리며 다가왔다.

겉모습은 술에 취한 것 같지만, 숨소리가 바르고, 중심이 잡혀 있었다.

'고수다.'

한눈에 알 수 있었다.

화경의 고수는 아니지만, 싸우면 승부를 장담할 수 없는 수준이었다.

그가 철경에게 말을 걸었다.

"허허. 안녕하신가?"

마치 오랜 지우를 만난 것처럼 친숙하게 물었다.

하지만 철경은 이미 그의 정체를 짐작하고 있었다. 그의 외모와 무공 등을 감안하니 한 사람이 떠올랐다.

철경은 한숨을 쉬며 대답했다.

"별로 안녕하지 못하오."

"아니? 왜? 돈을 크게 따지 않았나?"

"도박장에서 만묘신수를 만났잖소? 그 누구도 즐겁지 못할 거요."

"호오. 나를 알아보는가? 기분이 나쁘지 않군."

만묘신수(萬妙神手) 반건위.

그는 무림 최고의 내기꾼으로 통했다.

천성적으로 내기를 좋아했고, 상대를 가리지 않았다.

소림사의 승려나 무당파의 도사, 또는 마교의 인물에게 내기를 걸어서 이겼다는 이야기는 너무나 유명했다.

그리고 일단 내기를 했으면 수단방법을 가리지 않고, 반드시 이기려 들었다.

본래 성격은 순하고, 너그러운 편인데, 내기에 관해서는 마교보다 악독해졌다.

타고난 승부 근성 때문이다.

그는 오십 년 동안 딱 두 번 졌는데, 그 결과에 대해서도 유명했다.

그렇게 내기를 좋아하던 반건위가 내기에 져서 십 년 동안 단 한 번도 내기를 하지 않았다.

또 한 번은 이 년 동안, 벽리세가 총관으로 있으면서 세를 두 배 이상 불렸다.

'한동안 무림에서 사라졌다고 들었는데, 이런 곳에서 갑자기 나타날 줄은…….'

그때 뒤따라오던 홍수록이 나섰다.

"알고 보니, 무공을 사용한 것 같더군요. 그럼 저번 판은 무효요. 도박판에서 무공을 사용하면 안 된다는 규칙도 모르시오?"

철경이 그에게 물었다.

"누구요?"

"이 도박장의 주인이오."

"잘됐군."

"뭐가 말이오?"

"이 도박장에서 이상한 주사위를 사용해서, 따지려고 했었소. 도박장에서 그런 주사위를 사용하면 안 되는 걸 모르시오?"

철경은 똑같이 물었고, 홍수록은 말문이 막혔다.

괜히 나섰다는 생각이 들었지만, 주변의 사람들이 보고 있었다.

가만히 있을 수 없었다.

"무, 무슨 주사위 말이오? 괜한 헛소리 마시오."

어차피 사기용 주사위는 부서졌으니, 괜찮을 거라고 생각했다.

하지만 철경은 이미 다른 것도 파악해 놓았다. 도박장 소속의 도박꾼들도 똑같은 주사위를 들고 있었다.

철경은 그들을 가리켰다.

"저기 두 사람도 비슷한 주사위를 가지고 있던데. 같이 확인해 봅시다."

"그, 그건……."

홍수록은 크게 당황했다. 그때 반건위가 끼어들었다.

"하하하하. 자기 살 깎아먹는 일은 이쯤하세나. 모든 걸 뒤집어 버리면, 자네나 나나 얻는 것이 없을 거야."

"하지만 도박장 쪽이 잃는 것이 더 크겠죠."

반건위가 철경에게 전음을 보냈다.

[자네 목적이 도박장을 망하게 하는 건가?]

[조금 다르지만, 그래도 상관없소.]

[허허허. 하지만 이미 늦었네. 저놈들, 이미 주사위를 없애 버렸을 걸?]

그의 말이 맞았다.

금륜안으로 확인해 보니, 주사위는 이미 사라져 있었다.

반건위가 물었다.

"자자. 지저분하게 하지 말고, 나랑 새로운 내기 한판 하세. 깔끔하게 이긴 사람 마음대로 하는 거야."

그는 소문대로 내기를 정말 좋아했다.

홍수록이 옆에 있는 유이삼에게 속삭였다.

“아니, 무슨 내기를 한단 말이야? 증거가 없어졌는데, 그냥 우기면 되지.”

“가만히 있는 게 좋을 것 같습니다. 어르신은 본인의 내기를 방해하는 걸 제일 싫어하시거든요.”

“그래도…….”

“장주님. 자칫 어르신이 도박장을 문 닫게 할 수도 있습니다.”

사실이었다.

반건위는 마음에 들지 않는 도박장은 직접 없애버렸다. 그런 이력이 셀 수 없이 많았다.

“흠흠. 알았네.”

“애해해 주셔서 감사합니다.”

반건위는 철경에게 다시 물었다.

“어찌할 텐가? 밤도 길지 않은데, 빨리 결정하지?”

그러잖아도 철경도 또 다른 계획을 세운 터였다.

계획대로만 된다면, 몇 년간 태전문은 걱정할 필요는 없을 것이다.

그는 고개를 끄덕였다.

“좋소. 합시다.”

“좋아. 잘 생각했어.”

"그런데 그 유명한 만묘신수를 만났는데, 금액이 적으면 재미가 없을 것 같소. 판돈을 올립시다."

"크흐으. 배포가 크군. 마음에 들어."

반건위의 눈빛이 더욱 반짝였다.

그는 진심으로 내기를 좋아했다.

"그럼 얼마로 할까? 이백만 냥? 삼백만 냥?"

"천만 냥으로 합시다."

"천만 냥?"

그 금액은 반선위조차 놀랄 정도였다.

그의 수많은 내기 인생에도 그렇게 큰 금액은 없었다.

곧 반건의 입가에 미소가 걸렸다.

"푸하하하하. 천만 냥? 천만 냥이라. 멋지군."

"……."

"내가 장난을 좋아하시지만, 내기를 장난스럽게 하진 않는다네. 자네. 천만 냥을 가지고 있나?"

"거기에 상응하는 물건을 가지고 있소. 만약 금액이 모자라면, 몸으로 때우겠소."

"그래. 나도 그렇게 하지. 그럼 종목은?"

철경은 미리 생각해 둔 것이 있었다. 하지만 그것을 말하기 전에 반건위가 먼저 말했다.

"일단 자리를 옮길까? 이런 훌륭한 내기를 구경거리로 만들 수 없으니까?"

"그렇게 합시다."

반건위는 홍수록에게 눈치를 줬고, 홍수록은 꼭대기 층에 있는 자신의 집무실로 안내했다.

철경과 노호는 그들을 따라갔다.

산호는 진가와 함께 북쪽으로 올라갔다. 그리고 수주라는 마을에 도착했다.

'분위기가…… 다르군.'

삭막했다.

들어가자마자 알 수 있었다.

낯선 이가 보이자, 마을 사람들은 하나같이 뒷걸음질 쳤다.

겁을 먹은 것이다.

공기가 차갑다 못해 얼어붙은 느낌이었다.

그들은 서둘러 집으로 돌아갔다. 대낮인데도, 거리에는 사람들이 없었다.

마치 아무도 살지 않는 마을 같았다.

진가가 한숨을 쉬었다.

"휴우. 요즘 사는 게 사는 것 같지 않습니다. 그 살인자가, 우리 마을을 망쳐 버렸어요."

목소리 속에는 울분이 차 있었다.

산호도 덩달아 우울해지는 것 같았다. 애써 힘을 내며 말했다.

"걱정 마십시오. 제가 그 살인자를 잡도록 노력…… 아니, 꼭 잡아내겠습니다."

산호는 다시 한 번 다짐했다.

먼저 두 사람은 현청으로 향했다. 그리고 이곳 현령 오유벽을 만날 수 있었다.

공수의 현령이 준 관패 덕분에 일이 쉬워졌다.

오유벽 현령은 통통하고, 수염이 풍성한 사람이었다.

그는 산호를 아래위로 훑어 보았다.

"그러니까, 곤륜파에서 온 도사시라고요?"

"네. 산호라고 합니다."

현령은 무림에 대해 잘 알지 못한다. 그래도 구파일방은 알았다.

그만큼 인지도가 있었고, 특히 곤륜파는 청해에서 압도적으로 유명했다.

게다가 오유벽 현령은 허세가 있지만, 사람을 사귀는 걸 좋아했다.

"으흠. 내가 무공은 모르지만, 무림인들과는 친분이 있는 편입니다. 아, 내 친한 지인의 아들놈이 무당파에 수학을 하고 얼마 전에 돌아왔거든요. 같이 밥도 먹었습니다."

"그러시군요."

"아무튼 도장께서 도와주신다니, 감사드리오. 그러잖아도 연쇄 살인 때문에 골머리를 앓고 있거든요."

"최선을 다해 도와드리겠습니다."

오유벽 현령은 산호에게 물었다.

"먼 길을 오셨으니, 좀 쉬어야겠죠? 곧 저녁 시간인데, 식사부터 하시겠습니까?"

"아닙니다. 괜찮으시면, 피해자들의 시신부터 보고 싶습니다."

"오오. 그렇게 해주시면 저야 감사하죠. 이쪽으로 오십시오."

현령이 직접 앞장서서 안내했다.

지하에 비교적 차가운 장소가 있었고, 그곳에 시신들을 보관해 두었다.

지금까지 죽은 시선은 총 열 구라 한다.

진가가 떠난 사이에 한 명 더 죽은 것이다.

"으음."

산호는 자신도 모르게 탄성을 뱉었다.

시신들은 너무나 참혹했다.

하나같이 심하게 훼손되었는데, 고문을 당한 것 같았다.

손발톱이 빠져 있었고, 팔다리가 반대로 꺾여 있었다. 피부를 칼로 저민 시신도 있었고, 눈꺼풀이 잘려 나가거나, 코, 입이 꿰매진 시신도 있었다.

겉으로 평범하게 죽은 시신은 단 한 구뿐이었다. 두 번째로 죽은 시체였다.

오유벽 현령이 코를 막으며 말했다.

“두 번째 발견된 시신이 비교적 멀쩡해 보이죠? 그래서 우리도 다른 사건인줄 알았지. 그런데 웬걸. 부검을 해보니, 속이 완전히 망가져 있었소. 뭔가를 먹여 죽였는데, 부검의 말로는 많이 아팠을 거라고 하더군. 나쁜 놈.”

그는 이어서 말했다.

“참고로 시신이 발견된 순서대로 놓았소. 시신이 썩는 것을 방지하기 여러 가지 조치를 했지만, 첫 번째 시체는 벌써 스무 날이나 지났소. 냄새가 심하지.”

“냄새는 괜찮습니다만…… 끔찍하군요. 인간으로서 어떻게 이런 짓을…….”

“나도 현령 짓만 이십 년을 넘게 했지만, 이런 놈은 처음 보오. 사람을 그냥 죽이는 것도 아니고, 최대한 고통을 주면서 죽이다니. 천벌 받을 놈. 완전히 악질 중에 악질이야.”

산호는 첫 번째 피해자의 시신을 자세히 살폈다.

오십 대 초반의 남성이었다.

옆에 있는 포쾌가 기다렸다는 듯 검시서를 읽었다.

“정확히 이십삼 일 전 새벽에, 길가의 논두렁에서 첫 번째 시신이 발견되었습니다. 피의자 나이는 오십일 세, 이름은 고명, 농사를 짓는 평민입니다. 주변에 피가 없어서 다른 곳에서 죽이고 옮겼을 거라 추측하고 있습니다. 그런데 주변에 특이한 발자국도 없었고요."

"새벽에 발견되었다면, 그 전날 밤에 납치당한 것 같군요. 피해자는 어디에 있었죠?"

"친구와 늦게까지 술을 마신 것으로 확인되었습니다. 집으로 귀가하는 중에 당한 것 같고요."

산호는 시체를 살피면서 물었다.

"목격자나 용의자는 없습니까?"

"없습니다. 마을 외곽이었고, 한밤중이니까요. 또 하필이면 그믐이라 전혀 안 보였을 겁니다. 그리고 피해자 고명은 성격이 무난한 편이라 딱히 적이 될 만한 사람도 찾지 못했습니다."

"누가 발견했나요?"

"새벽에 일 나가는 농부가 묘시 경에 발견했고, 관아에 신고했습니다."

그러니 자시에서 묘시까지 약 두 시진 동안 납치당하고 살해당했다는 뜻이다.

2장

산호가 고개를 들면서 중얼거렸다.

"피해자는 체구가 큰 편입니다. 그런데 어떤 흔적도 없이 납치를 했다면, 범인은 무공을 익혔을 가능성이 높겠네요."

"저희도 그렇게 생각했습니다. 그래서 주변의 문파부터 탐색해 나갔습니다만, 얻은 것은 없습니다. 그러는 동안 계속 피해자가 생겨났고요."

현령이 탄식했다.

"휴우. 어차피 한 마을에 사는 사람들이오. 문파 사람들도 건너 건너 다 아는 사람들이란 의미요."

심지어 한 문파의 조카 딸이 살해되기도 하면서, 문파들도 적극적으로 협조하고 있다고 했다.

산호가 다시 물었다.

"범행을 벌인 장소는 찾았습니까? 이 정도로 강도 높은 고문을 저질렀다면, 인적이 드물고 안전한 장소가 필요했을 겁니다."

"그게…… 아직 찾지 못했소. 반경 십 리 안을 샅샅이 뒤졌지만, 그런 장소는 없었어."

"반경 이십 리를 가정하고 다시 수색해 보시지요."

"이 리? 그렇게 멀리나?"

산호는 시체를 살펴보면서, 침착하게 말했다.

"범인은 최소 절정고수 이상으로 짐작됩니다. 경공에 특화된 절정고수라면 이십 리를 왕복하는 데 한 시진이 채 안 걸립니다."

"그런가? 그런데 절정고수라는 건 어찌 아시오?"

"범인은 피해자를 고문할 때, 아혈을 짚었습니다. 점혈이라는 것이 간단해 보여도, 생각보다 어렵습니다. 약하게 짚으면 점혈에 걸리지 않으며, 세게 짚으면 몸에 멍이 들죠. 그런데 이 시신에는 반항을 했거나, 어떤 흔적도 찾을 수 없습니다. 단 한 번에 정확히 제압했을 겁니다."

내력의 고수답게, 산호는 오래된 흔적만으로 파악했다.

"종합하면 범인은 상당한 고수일 겁니다. 그리고 범인을 절정고수로 한정 짓는다면, 용의자를 많이 좁힐 수 있을 겁니다."

산호는 다음번 시신으로 넘어가면서 말했다.

"무림맹에도 연락을 해주십시오. 절정고수라면, 체포할

때 포쾌 분들이 다칠 수도 있습니다."

"아, 다행히 멀지 않은 곳에 무림맹 분파가 있소."

본래 무림과 관은 불가침이라 하여 선을 그었다.

하지만 이런 끔찍한 살인이 벌어지고, 범인이 무림인이라면 서로 협조할 때도 있었다.

"그렇게 하겠소."

"그리고 무림맹에서…… 응?"

갑자기 산호가 말을 멈추었다.

그는 여싱의 시신을 보고 있는데, 갑자기 입술을 깨물었다.

"설마 이런 일이……."

"왜? 뭔가 발견했소?"

"아닙니다. 아직 속단하긴 이르니, 다른 시신도 살펴본 뒤에 말씀드리겠습니다."

산호는 빠르게 다른 시신들을 살폈다.

쉬지도 않고 꼬박 한 시진을 살핀 후에 현령에게 말했다.

"가장 최근의 시신이 어제라고 하셨죠?"

"맞소."

"다행히 그 시신에는 흔적이 뚜렷이 남아 있군요."

"어떤 흔적을 말하는 거요? 부검의 말로는 특별한 흔적은 없다고 하던데?"

"점혈이란 사람의 혈도를 짚는 행위이고, 그 방식은 문파마다 다릅니다. 문파마다 익힌 내공이 다른 탓에 순서도 다양합니다. 특히 대문파일수록 그 현상이 심한 편입니다."

오유벽 현령은 굉장히 진지해졌다.

"설마…… 대문파의 사람이 했다는 거요?"

"그럴 가능성이 높습니다."

"혹시 어느 문파인지도, 알 수 있소?"

"……무당파입니다."

오유벽 현령의 표정이 삽시간에 굳어졌다.

그는 주변의 사람들을 밖으로 보냈다. 그리고 산호에게 다시 물었다.

"확실하오?"

"네."

"내가 무공에 대해서는 잘 모르나, 같은 구대 문파라도 만나는 일이 거의 없다고 들었소. 특히 곤륜파는 외람되지만, 중원의 끝에 있어 왕래가 거의 없다고 하던데."

"저 역시 산문을 나서는 일은 거의 없습니다. 하지만…… 혹시 '구룡지회'라고 들어보셨습니까?"

"모르오."

"무림맹에서 진행하는 무림대회입니다. 각파의 후기지수들이 모여서 무예를 겨루고 친목을 다지죠. 아무튼 저도 작년에 참석했습니다."

산호는 한숨을 쉬었다.

"휴우. 운이 좋아서 결승까지 올라갔었고, 그곳에서…… 무당파의 무당진룡을 만났었습니다. 때문에 많이 친해졌고, 대회가 끝난 후에도 긴 시간을 같이 보내기도 했습니다."

오유벽 현령 역시 한숨을 쉬었다.

"후우. 그러니까 무당파의 무공에 대해서 자세히 알고 있다는 거요?"

"네. 혹시 몰라서 열구의 시신을 꼼꼼히 살폈습니다만, 분명 무당파 특유의 방식이 있습니다."

심지어 이전 무당진룡이 직접 알려줬었다.

"잘 드러나지 않아 모르는 사람이 보면 놓칠 수도 있지만, 확신합니다."

"그럼, 청해에서 무당파의 무공을 절정까지 익힌 사람을 찾아야겠군."

"그리고 아까 현령님께서……."

"기억하네. 내가 말했었지, 지인의 아들이 무당파에서 공부했다고……."

"죄송합니다."

"아니오. 내 입이 방정이지."

오유벽 현령은 고개를 푹 숙였다.

"생각해 보니, 시일도 비슷하오. 그놈이 온 직후부터 연쇄 살인이 벌어진 것 같아. 휴우. 일단 가 봅시다."

그는 결심을 내린 듯, 자리에서 일어섰다.

곧 포쾌들을 전부 불러 모았다. 그리고 지인, 판소석의 집으로 향했다.

산호 역시 마음이 착잡했다.

물론 범인이 아직 잡힌 건 아니었다.

하지만 만약에 정말 무당파 출신이 범인이라면?

같이 도교를 공부하는 입장에서 믿기 힘들었다. 과연 도를 공부하는 도사가 이른 끔찍한 짓을 저질렀을까?

산호는 내심 다른 가능성도 열어두었다.

'소문으로 들었지만, 구파일방은 마교와 싸운 직후에 그들의 무공을 연구했다고 했다. 그리고 그런 중에 마공의 영향을 받아서 사람이 변할 수도 있다고 했어.'

그래. 마공의 영향으로 사람이 변한 건 아닐까? 그래서 이런 못된 짓을 저지르는 건 아닐까?

정말 그러기를 바랐다.

아니라면, 도교를 공부하는 무인으로서 타당성을 찾기 힘들었다.

판소석은 수주 마을에서 손꼽히는 부호였다.

딱딱한 면은 있으나, 원리원칙을 중시하고 나쁜 짓을 저지르는 사람은 아니었다.

그리고 그의 둘째 아들은 어릴 때부터 무에 재능을 보였다. 그래서 먼 친척의 도움으로 무당파에 입문시켰다. 최근에 십오 년의 수학을 끝내고, 집으로 돌아왔었다.

당시에 판소석이 기뻐서 마을 사람들을 전부 불러서 잔치를 벌였기에 대부분 알고 있었다.

현령이 포쾌 수십 명을 이끌고, 그의 집으로 향했다. 그 모습은 마을 사람들의 시선을 끌었다.

특히 요즘같이 흉흉할 시기에는 뭔가 있어 보였고, 몇몇 사람들이 따라갔다.

곧 판소석의 집 앞에 도착했다.

그새 소문을 들었는지, 판소석과 식구들도 밖으로 나와 있었다.

판소석이 앞으로 나섰다.

"현령님. 무슨 일로 오셨습니까?"

평소에는 반말을 하며, 친구처럼 지내던 사이였다. 하지만 이런 상황에는 그럴 수 없었다.

오유벽 현령은 안타까워하며 입을 열었다.

"최근 우리 마을에서 벌어진 연쇄 살인 사건에 대한 단서를 찾았소. 그런데 그 단서가…… 판소석 대감의 둘째 아들로 이어지기에 부득이 찾아오게 되었소."

"인보 말이오?"

마침 둘째 아들, 판인보도 옆에 있었다.

그는 놀랐지만, 당당하게 앞으로 나섰다.

"제가 판인보입니다. 저와 연쇄 살인이 무슨 관련이 있는지 모르겠지만, 도망가지 않겠습니다. 어떤 조사라도 자신 있게 받겠습니다."

너무 당당하니까, 오히려 오유벽 현령이 당황했다.

그는 산호를 찾았다. 마침 뒤에 있던 산호가 나섰다.

"먼저 조사에 응해주신다니 감사드립니다. 저는 곤륜파의 산호라고 합니다."

"엇. 그럼 곤륜신협 산호 대협이십니까?"

판인보는 놀라서 물었다.

그도 곤륜신협에 대해서 잘 알았다.

그의 사숙이 되는 무당진룡이 자주 언급했었고, 이 년 전에 벌어진 구룡지회에서 준우승을 한 인물이었다.

산호는 판인보를 유심히 보더니, 오유벽 현령에게 말했다.

"그런데…… 이분은 아닌 것 같습니다."

오유벽 현령은 놀라서 소리쳤다.

"여기까지 와서, 그게 무슨 말이오."

"판인보 소협은 나이에 비해 굉장한 성취를 이룬 건 사실입니다. 하지만 아직 절정에 이른 것 같지 않군요."

그리고 판인보에게 물었다.

"솔직하게 대답해 주실 수 있습니까?"

"물론입니다. 무엇이든 물어보십시오. 제 사문의 이름을 걸고, 솔직히 말씀드리겠습니다."

"혹시 무당파에서 진산 제자로 계셨나요?"

"아, 아닙니다. 속가제자로 십오 년간 공부하고 집으로 돌아온 겁니다. 그리고 언급하셨던 대로, 흠흠. 재능이 부족하여 아직 절정의 벽은 넘지 못했습니다."

판인보는 부끄러운지, 살짝 얼굴을 붉혔다.

산호는 그런 그를 위로했다.

"재능이 부족한 건 아닙니다. 제가 봤을 때, 조금만 더 노력하면, 곧 절정의 문을 두드릴 수 있을 것 같습니다."

"정말인가요?"

"네. 그리고 궁금한 것이 있는데, 혹시 집으로 오실 때, 같이 오신 분이 있습니까?"

"무당파에서 말입니까?"

"네."

"아니요. 없습니다."

그의 대답을 들은 산호는 크게 실망했다.

뿐만 아니라 오유벽 현령도 인상을 쓰면서 산호를 노려봤다.

이제 이 일을 어떻게 책임질 거냐?

그런 책망이 담긴 시선이었다.

"하지만 사숙이 오신 적은 있습니다."

판인보의 말에 산호와 오유벽 현령은 번쩍 고개를 들었다.

"어떤 사숙 말입니까?"

"언제? 몇 번이나 왔나?"

판인보는 어리둥절하면서도 사실대로 대답했다.

"진평이란 도호를 가진 분입니다. 무림맹의 일 때문에 청해에 계셨고, 저를 만나러 몇 번 찾아오셨습니다."

"몇 번이나?"

"세어보진 않았지만, 대략 십여 차례 정도……."

"그 사람은 지금 어디 있습니까?"

산호의 말에 판인보는 자신도 모르게 고개를 돌렸다.

그는 한쪽을 응시했고, 산호는 시선을 쫓아갔다.

그리고 뭔가를 느꼈다.

휘이익.

산호는 운룡소팔식의 신룡번미를 사용했다.

그의 신형이 앞으로 쭉 나아갔다.

순간 뒤쪽 창문이 부서지면서 한 사람이 뛰쳐나갔다.

그는 무당이 자랑하는 제운종을 사용하면서, 순식간에 지붕 위로 올라섰다.

그대로 달아나려는 것 같았다.

"멈추시오!"

산호는 소리쳤지만, 의미 없었다.

그는 이미 경공을 사용했고, 벌써 십여 장이나 달아났다.

상당히 빨랐다.

산호는 이를 악물고, 마음먹고 달렸다.

절대 놓치면 안 된다는 생각에, 전력을 달했다.

아마 여불위의 무덤에서 탈출할 때보다 더 빨리 달린 것 같았다.

그의 신형이 거의 보이지 않을 정도로 빨랐다.

상대와의 거리도 급속도로 가까워졌고, 산호는 검을 던졌다.

태허도룡검법(太虛屠龍劍法) 중 도룡파미란 초식이었다. 검은 빛살처럼 날아갔고, 범인은 놀라서 몸을 돌렸다.

채앵.

간신히 막았지만, 둘의 거리가 손을 뻗으면 닿을 정도로 가까워졌다.

범인은 산호를 노리고 검을 휘둘렀다.

푸른 검기가 장막처럼 펼쳐지면서 산호를 감쌌다.

산호는 눈을 부릅뜨며 소리쳤다.

"태청검법(太淸劍法)의 적우세영(赤羽細影)?"

분명 무당파의 검법을 사용했다.

그것도 진산 제자만 익힐 수 있다는 태청검법이었다. 그럼 무당파의 제자가 맞다는 소리고, 그런데도 도망을 간다고?

정말 살인자가 맞다는 뜻인가?

산호는 더욱 분노했다.

자신의 문파는 아니지만, 구대문파의 이름에 먹칠을 한

것 같아 화가 났다.

채챙. 챙챙.

퍼퍽.

몇 번 초식을 주고받더니, 상대가 튕겨 나갔다.

분명 그는 무공을 절정까지 익힌 고수였다. 하지만 상대가 나빴다.

산호는 초절정을 넘어섰고, 최근 잇따른 고수들과의 격전으로 더 강해진 상태였다.

게다가 화까지 내니, 평소의 부드러움도 없었다. 매섭게 몰아붙였다.

찌이잇.

무당파를 나타나는 무복의 소매가 길게 찢어졌다. 동시에 범인은 검을 들면서 소리쳤다.

"하, 항복입니다. 제가 졌습니다."

산호는 내공의 수발이 자유로운 상태였다.

기암절벽 같은 날카로운 검기는 사라지고, 범인의 목 밑에 검을 겨누었다.

그리고 싸늘한 말투로 물었다.

"귀하는 누구요? 왜 도망쳤소?"

아직 범인으로 밝혀진 건 아니다.

산호는 화를 내면서도, 냉정하게 생각했다.

도망치던 남자가 말했다.

"나, 나는 진평이란 도호를 쓰고 있소. 무당파의 진산 제자이고, 현재는 무림맹 청룡군 산하 용림대 소속이오."

"귀하가 진평 도장이군. 그런데 왜 도망쳤소?"

"그거야 당연하지 않소? 귀하가 누군지 모르지만, 이쪽으로 무섭게 달려왔소. 싸우는 건 줄 알았고, 좁은 방 안은 싸우기 힘드니까, 넓은 장소로 이동했을 뿐이오."

그는 미리 생각한 듯, 그럴듯하게 변명했다.

하지만 그 순간 산호는 알 수 있었다.

'이 사람이 범인이다.'

대범하고 치밀하고 거짓말에 능숙한 자다.

자세히 보니, 눈가에 살짝 붉은 기운도 보였다.

살인을 해본 경험이 많다는 걸 알 수 있었다. 연쇄 살인 범인이 분명했다.

동시에 깨달았다.

범인이라는 걸 입증하기 쉽지 않을 것이다. 무슨 말을 하든, 온갖 거짓말로 빠져나갈 것이다.

'내가 이 사람을 상대로 진실을 밝혀낼 수 있을까?'

산호는 자신이 말솜씨가 부족하다는 걸 알고 있었다.

딱히 말싸움을 해본 적도 없었고, 대부분 양보했기 때문이다.

차분하게 설명하는 건 자신 있어도, 말발로 싸울 자신은 없었다.

이대로 관청에 끌고 가도, 입증할 증거도 부족했다.

문득 철경이 떠올랐다.

그라면?

철경이라면 지금 같은 상황에 어떻게 대처할까? 그리고 만약 진서라면?

'그래. 말을 잘하고, 똑똑한 사람들은 오히려 진서를 힘들어했어.'

그녀는 직설적이고, 막무가내였다.

논리적인 화법이 아니라, 자신이 생각한 대로 밀어붙였다.

철경 역시 필요에 따라, 거짓말도 사실처럼 만들어냈었다.

자신에게 유리한 상황으로 만들어갔다.

산호는 그걸 떠올리며, 얼굴에 철판을 깔았다.

마치 그들처럼 생각했다.

"왜 그랬소?"

"무, 뭘 말입니까?"

"왜 이곳까지 와서 사람들을 죽였냔 말이오?"

"내가요? 사람을 죽여요? 도대체 무슨 말을 하는 겁니까?"

진평 도장은 잡아떼고 있었다.

하지만 확실히 효과는 있었다. 진실이든 거짓이든 조금

씩 흔들렸다.

산호는 확신을 가지며 계속 몰아붙였다.

“진평 도장. 그대가 했다는 증기가 있소. 발뺌해도 소용없으니, 사실대로 말하시오.”

“허어. 이것 참. 곤륜파의 산호 도사가 사람들을 배려할 줄 알고, 착한 사람이라 들었는데, 소문과는 다르군요. 왜 다짜고짜 사람을 공격하고, 누명을 씌우려 겁니까?”

“내가 산호라는 건 어찌 알았소?”

그 말에 진평 도장은 처음으로 입을 다물었다.

조금 전에 모르는 사람이 달려와서 놀라서 검을 들었다고 했는데, 스스로의 말이 달라진 셈이다.

“그, 그건…… 좋소. 사실대로 말하겠소. 솔직히 그쪽이 하는 얘길 다 들었소. 그런데 돌아가는 상황을 보니까, 나를 살인자를 의심하는 것 같았고, 솔직히 겁이 나서 도망치려 했소.”

“이상하군. 그대가 결백하다면, 도망갈 필요 없었을 텐데.”

“사람 일이란 모르는 것 아니오?”

진평 도장은 다시 말했다.

“그것보다 사건에 대해 얘기해 봅시다. 혹시 나를 의심하는 이유가 내가 판인보를 만나러 올 때마다, 여기 사람들이 살해됐기 때문이오?”

“그런 점도 있소.”

“분명히 말하지만, 시간이 다를 거요. 내가 인보를 찾아온 날짜와 사람들이 죽은 날짜 말이오. 꼭 맞지 않을 거란 말이오.”

그는 자신 있게 말했다.

산호는 그의 표정을 보고 알 수 있었다.

‘이미 변명거리를 준비해 놓았구나.’

진평 도장은 이런 상황이 올지도 모른다고 생각했을 것이다.

그리고 일부러 날짜를 다르게 해서 사람을 죽였겠지.

처음 몇 번은 날짜가 같겠지만, 일부러 찾아오기도 하고, 판인보를 만나지 않고, 사람만 죽였을 것이다.

똑똑한 사람이라면, 충분히 그런 준비를 했을 가능성이 높았다.

조금 더 넓게 생각해야 한다.

바로 그때, 산호는 한 가지 생각이 떠올랐다.

그에게 물었다.

“몇 가지만 물어봅시다. 무당파에서 나와 무림맹의 용림대에 들어온 지 얼마나 되었소?”

“삼 년쯤 되었소.”

진평 도장은 고비를 넘겼다고 생각했는지, 태연하게 대답했다.

"내가 알기론 청룡군은 대륙 각지를 돌면서, 임무를 수행한다고 들었소. 그러니 당신도 삼 년 동안 대륙 각지를 돌아다녔겠지. 맞소?"

"그런 셈이오."

"살인자는…… 살인에 능숙하오. 고문하고 죽이는 솜씨가 한두 번이 아니었소. 아마도 다른 곳에서도 이와 비슷한 짓을 저질렀을 가능성이 높소."

그때 진평 도장의 안색이 급변했다.

마치 거짓말을 하다가 들킨 아이 같았다.

산호는 그를 똑바로 보면서 압박감을 주었다.

"지금 무림맹에 가서 당신이 임무 때문에 갔던 곳을 모두 조사해 보겠소. 내 예상이 맞다면, 그 지역에도 비슷한 살인이 벌어졌을……."

"으아아악."

진평 도장은 괴성을 지르며 검을 찔렀다.

차분했던 표정은 온데간데없었다. 가면을 벗어던진 흉신악살의 것이었다.

산호 역시 준비를 하고 있었다.

암암리에 공력을 끌어올렸고, 금룡나수로 단숨에 진평 도장을 제압했다.

콰직.

쿵.

그의 팔을 꺾고, 바닥에 짓누른채 물었다.

“사람들을 죽인 이유가 뭐냐? 마공을 익혔나?”

“크크큭. 마공?”

진평 도장은 모든 걸 포기한 채 허탈한 듯 웃었다.

산호는 화를 내며 물었다.

“마공 때문에 정신이 이상해진 것 아닌가? 그래서 사람들을 그토록 잔인하게 죽였겠지?”

“푸하하하. 곤륜신협. 똑똑한 줄 알았는데, 멍청이었군.”

“사실대로 말하라.”

“내가 이런 멍청이한테 붙잡히다니, 억울해 죽겠어.”

“그럼 무엇 때문에 죽인 거야? 왜 사람들을 그토록 잔인하게…….”

“그냥.”

“뭐?”

“그냥 죽였다고. 꿈틀대고 발악하는 모습이 보고 싶어서 그냥 죽인 거야.”

태연한 목소리에서 진심을 느낄 수 있었다.

진평은 어릴 적부터 살인욕구가 있었다.

아무리 도경을 읽어도 소용없었다. 무공을 익히면 익힐수록 사람에게 써보고 싶어졌다.

사람을 죽이고 싶었고, 그래서 일부러 무림맹에 지원했다.

하지만 세상은 너무나 조용했다. 아무 일도 벌어지지 않았고, 검을 뽑을 일이 없었다.

사람을 죽이기는 것이 너무 어려웠다.

"그래서 평민을 몰래 죽였지. 아무도 모르더군. 크크큭. 세상에 실종되거나 죽는 사람들이 생각보다 많은 거야. 한 지역에서 살인을 하고, 다른 지역으로 넘어가면 의심할 사람도 없었어. 그래서 마음껏 축제를 벌였지."

그의 표정은 지옥에서 올라온 나찰과 비슷했다.

산호는 평생을 도문에서 살아왔다. 인와 예를 중시하고, 사람이 무엇보다 중요하다고 배웠다.

정파의 명예를 지키려고 항상 노력하고, 그 자부심을 가진 사람들을 계속 봐 왔었다.

그런데 이놈은?

사람이 아니다.

굉장한 분노를 느꼈고, 참을 수 없었다.

갑자기 죽이고 싶다는 생각이 들었다.

진평도장이 소리쳤다.

"그래. 죽여. 나를 죽여!"

산호는 주먹을 내리쳤다.

퍼억.

진평도장은 산호가 자신을 죽이길 바랐다. 그래서 일부러 자극을 주었다.

마침내 산호도장이 화를 냈지만…… 본인은 살아 있었다.

산호가 마지막에 힘을 뺀 탓이다. 주먹은 땅바닥을 찍었고, 그는 우울하게 중얼거렸다.

"죽이진 않겠다. 하지만 도망칠 염려가 있어 단전을 파괴한다."

사실은 겁이 났다.

이놈을 죽이면, 이놈과 똑같은 놈이 되는 건 아닐까?

그런 생각에 꾹 참은 것이다.

얼마나 주먹을 움켜쥐었는지, 손톱이 파고들어 피가 흘러내렸다.

산호는 그렇게 연쇄 살인범을 붙잡았다.

진평 도장은 모든 걸 실토했고, 공식적으로 무림맹으로 호송되었다.

그 후에 산호는 태전문으로 돌아갔다.

그의 표정은 본인도 놀라울 정도로 침울했다. 사람은 언제나 착하지 않으며, 정파 내에서도 나쁜 사람은 있다는 걸, 뼈저리게 깨달은 것이다.

철경과 반건위는 마주 앉았다. 반건위가 먼저 입을 열었다.

"어떤 내기를 하고 싶은가?"

"내기 방법을, 내가 정해도 괜찮소?"

"흐음. 이건 어떤가? 무리 천만 냥짜리 내기인데, 한 번으로 끝내기 아쉬워서 말이야. 자네가 한 번, 내가 한 번 내기를 제시하지."

"각자 한 번씩 이기면?"

"그럼 세 번째 내기를 해야지. 그건 그때 가서 생각해 보자고."

철경은 잠깐 생각하더니, 간단히 말했다.

"그럼 첫 번째 내기는 내가 제안하겠소."

"기대하지."

"가위바위보로 합시다."

"푸하하하. 천만 냥이 걸려 있는데, 세상에서 제일 간단한 놀이를 하자? 좋아. 훌륭해."

반건위는 소매를 걷고, 손을 내밀었다.

가위바위보.

보기에는 간단해 보인다.

하지만 무공의 영역으로 넘어가면 간단하지 않았다.

상대방의 생각을 파악해야 하는 눈치싸움이며, 찰나의 순간에 상대의 수를 읽어내는 동체시력이 필요했다.

또 상대의 수를 읽어도, 자신의 손을 바꾸는 순발력도 있어야 한다.

한마디로 무공이 강할수록 유리했다.

다만 철경만은 사정이 달랐다.

"가위, 바위. 보."

철경은 처음 손을 뻗을 때, 일부러 손을 어중간하게 만들었다.

그리고 금륜안을 사용했다.

마치 시간이 느려지는 것과 같았고, 반건위의 손가락이 천천히 보였다.

엄지와 검지가 펴지면서 나머지 손가락이 안으로 말려들고 있었다.

가위였다.

철경은 마지막에 내기 직전에 다섯 손가락으로 움켜쥐었다.

바위를 잡았다.

결과는 철경의 승리였다.

"이, 이겼다."

옆의 있던 노호는 크게 기뻐했다.

반면 철경은 표정 변화가 거의 없었다.

반건위 역시 마찬가지였다. 기뻐하지도, 슬퍼하지도 않았다.

오히려 그럴 줄 알았다는 듯, 철경을 칭찬했다.

"자네, 가위바위보 실력이 대단하군. 나도 꽤 하는 편인데, 이렇게 쉽게 질 줄은 몰랐어. 져본 적이 없겠어."

그 말은 사실이었다.

금륜안을 발현한 후, 가위바위보에서 진 적은 없었다.

"좋아. 그럼 내 차례군. 이번에도 자네가 이기면 깔끔하게 물러나겠네. 나도 내 특기를 살려야겠지? 주사위로 하겠네."

반건위는 품 속에서 주사위 두 개와 작은 통을 꺼냈다.

철경은 고개를 저었다.

"거절하오. 아까 보니, 주사위도 개조된 거고, 통을 들어올리면서 주사위를 바꾸던데."

"아하하. 자세히도 봤군. 그럼 이렇게 하지. 주사위는 직접 확인해 보고, 통을 여는 건, 여기 계신 노 대인이 하는 걸로."

노호가 철경을 속일 리 없다.

그리고 바꿀 능력도 없는 사람이다. 거절할 이유가 없었다.

철경은 주사위를 직접 확인하고 찬성했다.

"좋소."

반건위는 철경에게 두 개의 주사위를 받아서 작은 통 안에 넣었다. 그리고 흔들었다.

딸그락, 딸그락.

딱 두 번 흔들고, 바닥에 놓았다.

반건위가 물었다.

"소(小) 와 대(大) 중 먼저 정하게."

"만약 중(中)이 나오면?"

"다시 하는 걸로 하지."

철경은 힐끔 바라봤다.

금륜안을 통해 확인해 보니, 주사위는 이(二)와 삼(三)으로 소였다.

"소를 선택하겠소."

"그럼 확인해 볼까?"

노호에게 눈짓을 보냈고, 노호는 침을 꿀꺽 삼키며 통을 붙잡았다.

그리고 통을 들어 올렸다.

주사위는 이(二)와 육(六), 합이 팔이니 대(大)였다.

"하하. 이번 판은 내가 이겼군."

철경은 진심으로 놀랐다.

주사위 하나가 삼에서 육으로 바뀌었다. 그런데 어떻게 바꿨는지 모르겠다.

반건위는 그걸 즐기면서 여유가 있었다.

그가 물었다.

"이거 곤란하게 됐군. 결국 세 번째 판으로 가야겠어. 혹시 좋은 방법 있나?"

철경 역시 여기까지 예상을 했었다.

일단 간단히 물었다.

"무인으로 싸우는 건 어떻소?"

"싫네. 재미없어."

"재미가 꼭 있어야 하오?"

"그렇지. 우리가 사는 이유가 뭔가? 재미를 위해서 아닌가? 그러니 시간이 걸리고, 힘들더라도 재미가 있어도 돼. 그리고 진짜 재미가 있었다면, 내기에 져도 상관없네."

반건위는 진심이었다.

그는 내기와 재미를 위해서는 목숨도 걸 수 있는 사람이었다.

마침내 철경은 본심을 꺼냈다.

처음 반건위와 만났을 때부터 떠올렸던 내기였다.

철경이 물었다.

"솔직히 말하겠소. 내 수중에 있는 돈은 삼만 냥이 안 되오. 그쪽은 얼마나 가지고 계시오?"

생각지도 못한 질문이었다. 반건위는 웃음을 지으며, 대답했다.

"지금 내가 가지고 있는 돈 말인가? 오만 냥쯤 있겠군."

"그럼 천만 냥에 한참 못 미치는 것 아니오?"

"그런 셈이지."

"그럼 이렇게 합시다. 각자 돈을 모으는 거요. 기한은 백일."

"그리고?"

"돈을 많이 모으는 사람이 이기는 걸로 합시다."

"푸하하하."

반건위는 크게 웃었다.

돈을 모으는 내기라?

그는 크게 즐거워했다.

"자네, 정말 재미있는 친구군. 돈많은 사람이 이기는 내기라. 재미겠어."

"……."

"진 사람은?"

"이기는 사람 소원을 들어주는 걸로 합시다."

"무슨 소원이든?"

"어떤 소원이든."

반건위가 물었다.

"그런데 자신의 돈인 걸 어떻게 증명하나? 돈을 빌릴 수도 있고, 훔칠 수도 있는데."

"그런 건 관계없소. 뭘 하든 약속 날 재물을 많이 가져온 사람이 이기는 거요."

"푸흐흐. 좋아. 참고로 나는 평생 내기를 했었고, 대륙 곳곳에 부동산을 보유하고 있다네. 나한테 빚진 사람도 꽤 많아."

"나 역시 숨겨진 보물 창고쯤은 가지고 있소."

"좋아. 그럼 정확히 백 일 후, 이 시간에 여기서 볼까?"

"그럽시다."

두 사람은 마주보면서 일어섰다.

반건위가 먼저 밖으로 나갔다.

철경 역시 노호와 함께 도박장을 빠져나왔다.

노호가 걱정스러운 눈빛으로 물었다.

"자네, 정말 괜찮겠나? 천만 냥이면 너무 큰돈인데? 그것도 백 일만에."

솔직히 말도 안 되는 내기였다.

그는 평생 대장간 일을 했었고, 꽤 많은 돈을 모았다. 하지만 그래 봤자, 천만 냥이 안 된다.

게다가 집과 땅, 곳곳에 있는 대장간 다섯 개를 제값주고 팔려면, 적어도 반 년은 필요했다.

그런데 천만 냥을 백일 만에?

터무니 없는 내기였다.

하지만 철경은 그저 무뚝뚝한 얼굴로 대답했다.

"괜찮소. 그나저나 의뢰는 만족하오?"

"나야 만족하지. 도박장에 백오십만 냥이 넘는 피해를 입히지 않았나? 그거면 충분해."

"좋소. 그럼 우리가 딴 오십사만 냥 중 오십만 냥은 내가 갖겠소."

"그리하게."

"이제 집으로 갑시다."

철경의 표정만 봐서는 무슨 생각을 하는지 알 수가 없었다.

"하아암."

진서는 하품을 크게 했다.

황인수는 피식 웃으면서 그녀를 위로했다.

"조금만 참으세요. 언니. 오늘 밤이면 도착할 거예요."

"그렇지? 일단 도착하면 내 일은 끝나는 거지?"

"네."

"후딱 시간이 지났으면 좋겠다."

"끝나면 뭐 하실 거예요?"

"집으로 가야지. 여긴 너무너무 심심해."

"저는 조금 아쉬운데요. 언니 덕분에 이런 것도 다 만들었는데."

그동안 황인수는 자신이 만든 자수를 내밀었다.

진서에게 많은 기법을 배웠고, 실력이 눈에 띄게 늘었다.

그리고 마차 안에는 자수로 만든 비단들로 가득 차 있었다.

"심심하면 한 번씩 놀러 갈게."

"네. 꼭 오세요. 언니."

황인수는 진서에게 팔짱을 걸며 살갑게 굴었다.

진서도 그런 그녀가 싫지는 않는지 가만히 있었다.

그러다가 진서가 갑자기 미소를 지었다.

"호오. 또 재미있는 일이 벌어지겠는데?"

"네? 무슨 일요?"

"그런 게 있어. 잠시 갔다올 테니까. 기다려라."

진서는 다시 마차를 떠났다.

혈면귀(血面鬼) 방소.

그는 '혈연문'이라는 살수단을 이끌고 있었다.

수로 청해와 감숙에서 활동하며, 규모는 작지만 알짜배기였다. 게다가 혈면귀 본인은 대륙에서 열 손가락 안에 드는 살수라고 자부했다.

그런데, 그런 방소가 지금 긴장하고 있었다.

'제길. 어떤 놈이지? 아니, 년이라 했던가?'

멍청하게 방심했다.

황인수를 지키는 여자가 있었고, 살수들을 찾아서 죽였다고 했다.

그래서 호위라 생각했는데.

아니었다.

그녀는 살수였다. 갑자기 그것도 아주 뛰어난 살수였다.

마차를 지켜보고 있는데, 그녀는 갑자기 나타났다.

“네가 두목이구나.”

갑자기 속삭이는 목소리가 들렸고, 고개를 돌리니 사라졌다.

지금도 숨어서 자신을 노리고 있었다.

살수 입장에서 다른 살수에게 노려진다는 건 정말 기분 더러운 일이다.

더구나 그 살수가 나 이상으로 뛰어나다면, 절로 욕이 튀어나온다.

‘진정해라. 그년을 찾으면 돼. 어디냐? 어디에 있어?’

남은 방법은 하나뿐이다.

조금씩, 하지만 끊임없이 움직였다. 그렇게 상대의 시야에서 벗어나는 수밖에 없었다.

그리고 상대가 어디에 숨었는지 찾으면 된다.

방소가 눈에 불을 켜고 있는 동안, 진서는 그의 뒤를 따라가고 있었다. 방소는 생각보다 뛰어났고, 몰래 따라가는 일은 재미있었다.

그래서 당장 죽이지 않고, 고민하고 있었다.

‘오랜만에 재미있는 놈을 만났는데 조금 더 놀까? 아니야. 그냥 빨리 죽이고, 집으로 돌아가야지. 산호 도사하고 놀고, 애들도 보고 싶기도 하고.’

갑자기 철경의 제자들이 생각났다.

어린아이들이 힘들게 뛰고 수련하는 모습이 꽤 귀여웠다.

처음에는 웃겼는데, 나중에는 안 보면 보고 싶기도 하고, 자꾸만 생각났다.

문득 들고 있는 강보를 바라봤다. 그녀는 아직도 아기 뼈를 들고 다녔다.

무슨 사정이 있었는지 모르지만, 분명 내 아이일 것이다. 목숨보다 귀중한 것이 느껴졌다.

'만약, 우리 아기도 죽지 않고 자랐다면…… 그렇게 귀여웠을까?'

문득 그런 생각이 들었고, 잠시 방심했다.

투둑.

진서가 나뭇가지를 밟은 것이다.

'아차.'

그녀는 실수를 깨닫자마자, 뒤로 물러섰다.

방소의 짧은 검이 머리 위를 스쳐 갔다.

초일류 살수답게 실수를 놓치지 않았다.

휘익.

방소는 진서를 따라붙었다. 한 번 잡은 기회를 놓칠 리 없었다. 죽일 때까지 쫓아올 생각인지 악착같이 따라왔다.

진서 역시 도망치는 와중에도 검을 뽑았다. 그녀는 언제 어떤 자세에서도 검을 뽑을 수 있었다.

아마 그런 훈련을 받은 것 같았다.

실수를 했지만, 마음만 먹으면 언제라도 죽일 수 있었다.

그래서 다가오기만을 기다렸다.

그랬는데…….

갑자기 방소가 멈추었다.

마치 귀신을 본 사람처럼 크게 놀란 얼굴이었다.

'왜 쫓아오지 않지?'

스스로 유리한 위치를 버리는 것과 같다.

진서는 그를 바라봤고, 마침 눈이 마주쳤다.

방소가 읍소를 하면서 소리쳤다.

"귀후(鬼候)를 뵙습니다."

"귀후?"

처음 들은 이름이다.

그런데 익숙했다. 진서는 그 이름을 계속 되뇌었고, 중요한 사실을 깨달았다.

눈앞의 남자는 내가 누군지 알고 있다.

진서는 방소에게 물었다.

"나를 만난 적이…… 아니, 우리가 어디서 만났지?"

"복건성 마진에서 뵌 적이 있습니다. 천사황과 함께 계실 때 인사를 드렸었죠."

"천사황?"

"네. 아버님은 잘 계시죠?"

천사황…… 내 아버지?

내 아버지가 천사황……? 별호가 천사황이고, 이름은…… 염마장…….

"염마장!!!"

진서가 소릴 질렀다.

생각났다.

염마장이 누구고, 나는 누군지.

그리고 그 아버지란 사람이 자신에게 어떤 짓을 했는지.

봇물이 터지듯, 모든 기억이 머릿속으로 들어왔다.

화르르르.

동시에 그녀의 손에서 불꽃이 피어오른다.

몸에서는 폭발적인 기운이 솟았고, 강렬한 화기에 주변에 있던 모든 것이 바스라졌다.

또 그녀가 있던 바닥은 갈라지면서, 지진이 일어난 듯 흔들거렸다.

그 위력은 절대고수였던 청살귀존 허한상 이상이었다.

가장 가까이 있던 방소는 간신히 뒤로 도망쳤다.

멀리 가지는 못하고, 적당히 물러서서 눈치를 살폈다.

으드득.

진서가 이를 갈았다.

기억이 돌아왔다. 어떤 일이 있었고, 누구에게 복수를 해야 하는지도 모두 깨달았다.

하지만 어떻게 복수를 해야 하지?

그리고 태전문은? 철경과의 관계는?

이것부터 정리할 필요가 있었다.

진서는 눈앞에 있는 방소에게 바라봤다.

"황인수를 죽이려 했지?"

"아, 네에. 하지만 의뢰는 포기하겠습니다. 걱정하지 마십시오."

"의뢰자가 누구냐?"

"그, 그건…… 귀후님도 아시겠지만, 의뢰자 노출은 살수계의 불문율과 같은 것으로……."

"난 그런 거 몰라. 누군지 말해. 아니면 다 죽여 버리겠어."

주위의 압박은 줄어들었다.

하지만 진서의 눈빛은 더욱 강렬해졌고, 방소는 숨이 멎는 것 같았다.

그가 알고 있는 혈후라면, 혈연단을 몰살시킬 수 있는 여자였다.

"의, 의뢰자는 가부용입니다."

"가부용? 그게 누구지?"

"황인관의 정실입니다. 첩의 자식인 황인수를 죽여달라고 십만 냥을 내놓았습니다."

"이유는?"

“저희가 조사하기로는 딱히 이유가 없습니다. 가부용은 첩을 무척 싫어했고, 그의 딸도 싫은 것으로 추측하고 있습니다.”

그러니까 그냥 싫어서 죽인다는 의미였다.

“재미있군.”

“그럼 귀후님. 저는 이만…… 커억.”

방소는 자신의 목을 붙잡았다.

날카로운 선이 생기면서 피가 줄줄 흘러나왔다.

진서가 서 있는 위치가 달라졌다.

방소의 앞에 있었는데, 어느새 뒤에 서 있었다. 그녀의 손에는 단검이 들려 있었고, 핏방울이 맺혀 있었다.

그녀가 방소의 목을 벤 것이다.

방소는 억울한 표정으로 돌아보았다.

“어, 어째서…….”

“생각이 바뀌었어. 내가 살아 있단 소식이 염마장 귀에 들어가면 안 되거든. 나를 본 놈들은 다 죽어야 해.”

말이 끝나기 전에 진서가 움직였다.

놀랍게도 그녀의 움직임은 두 배로 빨라졌다. 그리고 근처에 숨어 있는 방소의 수하들을 정확히 찾았다.

망설임 없이 그들의 목을 그어버린다.

그들은 다가온 줄도 모르고, 목숨을 잃었다.

그렇게 서른두 명이 숲속에서 목숨을 잃었다.

“갔다 왔어.”

“이번에는 빨리 오셨네요.”

“그래.”

진서는 가볍게 대답하고 눈을 감았다.

황인수는 그런 진서를 보고 고개를 갸웃거렸다.

어딘가 달라졌다.

정확히 모르지만, 느낌이 달라진 걸 느꼈다.

하지만 진서는 말을 하기 싫어하는 것 같았다. 물어봐도 단답으로 대답하고, 계속 생각에 잠겨 있었다.

목적지에 도착할 때까지 그러했다.

“도와주셔서 감사합니다. 언니.”

“난 돈 받고 일했을 뿐이야.”

“그래도…… 자수를 가르쳐주신 건 공짜잖아요. 고마워요.”

황인수는 진서의 손을 잡고 말했다.

“언니. 나중에 꼭 한 번 들러주세요. 꼭 한 번요. 제가 자수 열심히 익혀서 보여드릴게요.”

“아, 알았어.”

“히잉. 막상 헤어지려니까 너무 아쉽네요.”

황인수는 진서를 폭 안았다.

진서는 당황해하면서도 밀지 않았다.

예전이었다면, 상상도 못할 일이다.

남자든 여자든 근처만 와서 싫어했고, 누가 몸에 손을 댄다면, 그 손을 잘라 버렸다.

그런데 이런 느낌이 생각보다 싫지는 않았다.

'나도…… 변했구나.'

그래.

어차피 귀후 염화영이란 이름은 좋아하지 않았었다.

정확히는 염 씨라는 성을 싫어했지만.

진서.

그래. 진서로 살아가는 것도 괜찮겠지.

진서로 해왔던 일들도 다 기억이 났다.

오글거리는 것도 있지만, 그 자리도 나쁘지 않았다.

진서는 지금 느끼는 기분처럼, 있는 그대로 받아들이기로 마음먹었다.

진서는 황인수에게 말했다.

"앞으로는, 살수의 위협은 없을 거야. 그리고…… 생각이 나면 한 번 들르지."

"고마워요. 언니."

황인수는 또 안으려 했지만, 진서는 뒤로 물러섰다. 그리고 안개처럼 사라졌다.

진서는 단 하루 만에 덕령합으로 돌아왔다.

그리고 곧장 황인관의 집으로 향했다. 황인관에게 의뢰

를 완수했다는 보고를 위해서였다.
마침 황인관은 따뜻한 물속에서 씻고 있을 때였다.
갑자기 진서가 앞에 나타났다.
"황인수는 잘 도착했어."
"네에? 에에엑."
황인관은 일어서려다, 너무 놀라서 나서 물속으로 앉았다.
그는 목만 내민 채 그녀를 다시 봤다.
그제야 진서임을 깨달았다.
그가 한마디 하기도 전에 진서가 다시 말했다.
"살수를 의뢰한 사람이 가부용이라고 하더라. 온 김에 내가 한마디 할 테니까. 그런 줄 알고 있어."
"네? 자, 잠깐만요."
황인관은 두 번째 놀라서 그녀를 찾았다.
하지만 이미 진서는 사라지고 없었다.

다음에 그녀가 나타난 곳은 중년 부인이 자고 있는 방이었다.
진서는 곤히 자고 있는 그녀를 발로 찼다.
퍽.
"꺄악."

중년 부인은 침상에서 떨어졌다. 그리고 허리를 아픈지, 허리를 붙들며 일어났다.

표독스러운 눈빛으로 주위를 둘러봤다.

“누, 누가 감히…….”

그녀는 호통을 치려다, 한 사람과 눈이 마주쳤다.

침상 위에 앉아 있는 진서였다.

“네가 가부용이지?”

딱 보기에도 심상치 않아 보인다.

평소라면 고함을 치며 난리를 치겠지만, 일단은 대꾸했다.

“그, 그래. 내가 가부용이다. 너는 누군데…….”

“왜 말이 짧지?”

진서는 다 듣지도 않았다.

갑자기 살기가 뿜어냈고, 그것이 가부용을 옥죄였다.

평소 기가 세다가 알려진 가부용이었다.

하지만 이번에는 달랐다.

수천 명을 살해한 초특급 살수였다. 살기만으로 능히 사람을 죽일 수 있는 여자,

그런 고수가 살기를 뿜어내는데, 감히 버틸 수 없었다.

‘크윽. 큭. 수, 숨이 안 쉬어져.’

이러다 죽을 것 같았다.

가부용은 몸을 조아리며, 겨우 대답했다.

“조, 죄송…….”

진서는 살기를 살짝 풀어주었다.

“쾍. 쾌액.”

“잘 들어. 이년아. 난 두 번 말 안 해.”

“네에. 네.”

“앞으로 황인수 건들지 마라.”

“네?”

가부용은 놀란 듯 고개를 올렸다.

눈을 굴리면서 이게 어떤 상황인지, 어떻게 대처 해야 하는지 생각 했다.

진서는 손가락을 튕겼다.

“아아악.”

가부용은 귀 한 쪽을 만지며, 비명을 질렀다.

오른쪽 귀가 잘려 나간 것이다.

그녀가 언제 이런 고통을 겪어봤을까?

아픈 것도 아픈 거지만, 자신의 신체가 영원히 없어진 것이 아닌가?

그 상실감은 이루 말할 수 없었다.

“꺄아아악. 흐흐흑.”

그녀는 울었고, 진서는 다시 말했다.

“아직도 내가 우습게 보여?”

“아닙니다. 아닙니다. 아흐흐흑.”

“내가 널 안 죽이는 이유는 귀찮아서야.”

"네에."

"지금이라도 마음먹으면, 너를 납치해서 산 위에 묻는 건 일도 아니라고. 알겠지?"

"잘 알겠습니다. 조심하겠습니다."

진서는 싸늘하게 다시 물었다.

"내가 뭐라고 부탁했지?"

"화, 황인수를 건들지 말라고 하셨습니다."

"그래서 어떡할 거야?"

"절대 건들지 않겠습니나. 근저도 가지 않겠습니다."

"그래. 그리고 뭐, 나한테 복수를 한다느니, 하고 싶다느니, 이런 소리 들린다? 내가 가만 있을까?"

"절대 그런 일 없을 겁니다."

"내가 싫어하는 게 뭐라고?"

"그게…… 아, 귀찮은 걸 싫어한다고 하셨습니다."

"그래. 잘해라."

그리고 진서는 앉은 채로 사라졌다.

가부용은 몇 번이고 주위를 둘러봤다. 그녀가 정말 없어졌는지 확인 후에 바닥에 쓰러졌다.

기절한 것이다.

"부, 부인. 살아 있소?"

그리고 황인관은 한참 후에 나타났다.

진서는 그 후, 태전문으로 향했다.

하지만 문파로 들어가지 않았다.

뒷산으로 올라갔다.

산은 높지 않고, 산세도 거창하지 않다. 하지만 꼭대기에서 내려다보는 풍경은 괜찮았다.

그중에서도 좋은 곳을 찾았다.

햇빛이 잘 들어오는 양지였다. 그리고 앞이 시원하고 보이는 곳, 그곳에 땅을 팠다.

마음만 먹으면 내공을 써서 금방 팔 수 있었다.

하지만 두 손으로 천천히, 정성을 다해서 조그맣게 땅을 파냈다.

그리고 들고 있는 아기의 뼈를 그곳에 묻었다.

"잘 가."

그녀는 아쉬운 듯 어루만지고, 흙으로 덮었다.

작은 봉분이 만들어졌다.

진서는 주변에서 길쭉한 바위를 구했다.

손으로 표면을 슥슥 문지르자, 가루가 우수수 떨어진다.

조각을 하듯 신중하게 표면을 닦았다. 그리고 손톱으로 글씨를 쓰고, 무덤 앞에 박았다.

작은 묘비가 금세 완성되었다.

진서는 그것을 보면서 중얼거렸다.
“오늘밤은 달이 아주 밝아. 안 그래?”
아기에게 하는 말이 아니었다.
뒤에 나타난 사람에게 하는 말이었다.
철경이었다.
철경은 어젯밤에 태전문에 도착했었다. 그리고 진서의 기운을 느껴서 여기까지 올라온 것이다.
그는 진서가 하는 행동을 가만히 지켜보았다. 그리고 그녀가 만든 작은 무덤을 보면서 물었다.
“기억을 되찾았나?”
“황인수를 노리는 살수 중에 나를 아는 놈이 있었어. 말을 섞다 보니, 내가 누군지 알겠더라고.”
“그랬군.”
“알려줄까? 내가 누군지.”
“귀후 염화영이잖아.”
진서는 놀라서 되물었다.
“너는 알고 있었어?”
“짐작은 했다.”
기억을 잃어버렸는데도, 상상을 초월하는 무공.
그런 무공을 지닌 여자 살수는 무림에 한 명밖에 없었다.
귀후 염화영.
무림백사 이십일 위이자, 살수계에서는 두 번째로 뛰어

나다고 알려진 인물.

그리고 일위는 그녀의 아버지 천사황 염마장이었다.

"알았는데 왜 말을 안 했지?"

"확실치 않았으니까."

"제기랄 놈아. 그래도 말은 해줄 수 있잖아."

진서가 화를 내며 소리쳤다.

하지만 철경은 아무 말도 하지 않았다.

물론 진서도 알고 있다.

무슨 사정이 있는지도 모르는데, 함부로 말해줘도 될까? 그리고 알려준다고 상황이 크게 달라질까?

급하게 서두를 일도 아니었다.

아마도 철경의 성격상, 어느 정도 사실이 파악되면 알려줬을 것이다.

진서는 그걸 아는데도 속상했다.

"그래도 말이야. 넌 살짝 재수 없어. 알지?"

"……너도 마찬가지다."

철경도 짧게 대답했다.

그 말에 진서는 웃음을 터뜨렸다.

"푸하하. 맞아. 나도 좀 재수 없지. 재수 없는 연놈끼리 만난 건가?"

"그럴지도."

철경이 작은 봉분 앞으로 다가갔다.

그리고 합장을 하며 물었다.

"딸이었나?"

"아니."

진서는 고개를 저었다.

"내 아이가 아니야. 질녀(姪女)였어."

그녀는 속삭이듯 중얼거렸다.

"나에게는 예쁘게 생긴 여동생이 있었어. 어머니가 죽은 후에 한동안 우리끼리 잘 살았지. 나름 행복했었는데."

"……."

"갑자기 아버지란 작자가 나타나더군. 그리고 무공을 가르쳐 주겠대."

너무나 뜬금없는 등장에 황당한 요구였다.

게다가 당시 그의 모습은 기괴했다.

온몸에 피를 흘리며, 눈은 핏빛처럼 새빨갛다. 그리고 쳐다보기도 힘들 정도의 살기를 풍기고 있었다.

진서는 당연히 거절했다.

너무 무서웠고, 아버지가 없어도 잘 살고 있었으니까.

하지만 아버지는 말이 통하지 않는 사람이었다.

말그대로 미친놈이었고, 강제로 무공을 주입하려 했다. 몸이 약한 여동생은 몇 번이고 실신을 했었다. 결국 진서는 아버지와 약속을 했다.

"당신이 원하는 무공은 내가 익히겠어. 대신 동생은 건

들지 마."

그렇게 진서는 무공을 익혔고, 여동생은 평범하게 자랐다.

몇 년 후에는 괜찮은 남자를 만나서 혼인도 하고, 예쁜 딸도 낳았다.

진서는 멀리서 보는 것만으로 만족했는데.

그녀는 이를 악물었다.

"그런데 아비라는 작자가 노망이 든 거야. 나로는 부족하다고, 살수를 또 만들고 싶다고 노래를 부르더군. 혈통이 중요하다고, 결국은 피가 모든 걸 결정한다고, 지랄하더니 미친 짓을 저질렀어."

여동생의 딸을 납치한 것이다.

진서는 살행을 나갔다가, 그 사실을 뒤늦게 알았다.

허겁지겁 달려갔을 때는 한참 늦은 후였다.

여동생 내외는 죽었고, 아기는 사라졌다.

진서는 피눈물을 흘리며 복수를 맹세했다. 그리고 몇 년에 걸쳐, 아비인 천사황 염마장을 쫓아다녔다.

"어찌어찌 찾았지만, 결국 실패했어. 질녀는 죽었고, 나는 반병신이 되었지. 그는 나를 죽일 수도 있었만 그러지 않았고. 그냥 아는 살수에게 맡겨두고 방치한 거야."

사실 염마장은 진서를 자신이 만든 작품이라 생각하고 있었다. 그래서 자신의 손으로 없애기 싫은 것이다. 그래서 고이특문에게 넘겼다.

"그렇게 됐어. 그러니까 이제, 어떡할래?"

진서가 철경을 바라봤다.

"내가 죽이고 싶은 사람은 삼황 중 한 명인 천사황 염마장이야. 그래도 나랑 계속 계약할래? 나의 복수를 도울 수 있겠어?"

"그래."

철경은 일말의 망설임도 없이 대답했다.

진서는 의아했다.

평소의 그를 생각하면 겁을 먹진 않을 거라 생각했다. 하지만 최소 고민은 할 줄 알았다.

진서가 다시 물었다.

"야? 너 천사황이 누군지는 아는 거지?"

"미친 늙은이라며?"

"크크크큭. 푸하하하."

진서는 진심으로 웃겼는지, 배를 잡으며 크게 웃었다.

"하하. 맞아. 미친 늙은이지. 완전 정신 나간 새끼야. 하지만 그것과는 별개로 무림에서 가장 세다는 삼황 중 하나라고. 화경 고수 중에서도 그 세 명은 특별하고, 현경에 가장 가까운 존재들이야."

"그렇다고 하더군."

"그런데 나를 도와주겠다고? 네 입장에서는 굉장한 손해일 수 있어. 잘 생각해 봐."

"나도 말을 해야겠군."

이번에는 철경이 입을 열었다.

어릴 때 가족을 다 잃고, 그 원인이었던 놈들을 찾아서 죽일 거라고 말했다.

진서가 놀라면서 흥미로워했다.

"이제 남은 건 구도상단과 모용세가다."

"호오. 구도상단은 그렇다 치고, 모용세가라……. 이거, 잘못하면 내가 손해 보겠는데."

현 무림에서 화경에 이른 절대고수는 스물두 명으로 알려져 있다.

그중에서도 세 사람은 격이 다른 인물이었고, 그들을 삼황이라 불렀다.

누구보다 강하고, 누구보다 현경에 가까운 무인들

창천검황 모용중인

천사황 염마장

천마인황 강조인

철경은 그중 창천검황 모용중인이 이끄는 모용세가를 언급한 것이다.

그리고 그의 모용세가는 무림오대세가 중에 최고이며, 다른 말로 '천하제일세가'로 불리고 있었다.

진서가 투덜거렸다.

"나보다 더한 놈이네. 나는 삼황 중 한 놈만 죽이면 되지만, 너는 삼황에 세가에 속한 놈들까지 상대해야 하잖아. 모용세가 공봉 중에도 화경의 고수가 있는 건 알고 있지?"

"……."

"또 모용세가와 연관된 문파까지 합하면, 무인만 십만이 넘는단 얘기도 있어."

"겁나면 말해. 계약은 없던 일로 해줄 테니."

철경의 말에 진서는 미소를 지었다. 그녀가 물었다.

"자신 있어?"

"반드시 해야 할 일이다."

"그렇지. 자신이 있든 말든, 무조건 해야 할 일이지. 그래…… 같이하자."

철경은 고개를 끄덕였다.

이전에 했던 계약을 그대로 유지한다.

얼핏 들으면 별일 아닐 수도 있다. 하지만 그때와 지금은 많이 달랐다.

그때는 서로에 대해 몰랐었다. 복수의 대상이 누군지, 왜 죽여야 되는지 모르고 있었다.

하지만 지금은 정확히 알고 있다.

지금 두 사람은, 무림에서 제일 강한 두 사람을 죽인다는 말을 하고 있었다.

천하제일세가를 상대하고, 세상에서 가장 은밀하고 흉악한 사람을 죽인다니.

그리고 그걸 밥 먹으러 가자는 투로 간단히 말한다고?

누가 들으면, 미친 짓이고 말도 안 되는 소리라 욕할 것이다.

농담이라 치부할 만한 대화였다.

하지만 두 사람은 그 누구보다 진지했다. 그리고 진심이라는 걸 알고 있었다.

그때 갑자기 진서가 소리쳤다.

"야. 그런데 왜 반말이냐? 내가 너보다 선배고, 나이도 훨씬 많아."

그러자 철경이 무뚝뚝하게 대답했다.

"난 진천문의 문주다."

"호오. 꼴에 문주 대접을 해달라? 그런데 진천문이라니. 완전히 처음 들어보는 문파인데."

"……."

"아무튼 안 되겠어. 내가 손해야. 너는 듣도 보도 못한 작은 문파 문주고, 나는 화경 고수에 나이도 많고, 귀후라는 근사한 별호도 있잖아. 솔직히 급이 안 맞잖아."

그녀는 우기기 시작했다.

그런데 철경은 아무렇지도 않게 물었다.

"이상하군. 반말을 해서, 네가 좋아할 줄 알았는데?"

"뭐? 이게 미쳤니? 반말을 하는데 내가 왜 좋아해?"

"어리게 보이니까."

그러자 갑자기 진서의 표정이 변했다.

화난 얼굴이 가시고, 입꼬리가 슬며시 올라갔다.

"흠흠. 내가, 어리게 보인다고?"

"몰랐나? 태전문 사람들은 전부 내 또래로 알던데."

"그래?"

진서가의 얼굴에 미소가 피어났다.

"호오. 그렇지. 하긴 우리가 서로 말을 놓으니까. 그렇게 오해할 수도 있겠네."

"피부도 좋으니 믿을 만하지."

"그렇지? 호호. 내 피부가 이삼십 대 같긴 하지."

완전히 기분이 좋아졌나.

철경이 말했다.

"그런데 생각해 보니, 네 말도 맞는 것 같아. 그래도 나이 차가 있는데, 말을 높여주는 게 좋겠어."

"아니야. 아니야. 지금이 딱 좋아. 서로 불편하게 무슨 높인 말이야? 그냥 반말로 해. 진서와 철경. 이름도 딱 반말 느낌이 나잖아."

진서는 말을 바꾸었다.

이제는 무조건 반말을 해야 한다며, 우기기 시작했다.

그때 누군가 빠른 속도로 이쪽으로 다가왔다.

산을 올라오는 사람은 산호 도장이었다.

그는 두 사람을 보더니, 환히 웃었다.

"대단한 기가 느껴져서 왔는데, 역시 진서 여협이시군요. 깜짝 놀랐습니다."

"안녕. 도사야."

진서가 웃으며 반겼다.

산호가 물었다.

"기분 좋은 일이 있으신가요? 얼굴이 좋아 보이십니다."

"아하하. 그래 보이니? 너도 내가 막 어려 보여?"

"네? 네에. 뭐, 그렇죠."

어려 보인다는 말은 하지 않았지만, 진서가 좋아 보이니 그렇다고 대답했다.

애초에 산호는 상대의 외모를 신경 쓰지 않았다. 그러려니 넘어갔다.

하지만 그녀가 풍기는 기운은 예민할 정도로 느낄 수 있었다.

산호는 조심스럽게 물었다.

"혹시, 기억을 되찾으셨나요?"

"그래."

"감축 드립니다. 역시 본래의 실력이 대단하시네요. 그리고 잃어버렸던 기억도 다 찾으셨죠? 정말 다행입니다."

"뭐, 별로. 유쾌하지 않은 기억이 많아서……."

이번에는 진서가 물었다.

"그런데 도사야. 너도 좋은 일 있니? 기분이 좋아 보인다?"

그러자 산호는 씁쓸하게 웃었다.

"하하. 아닙니다. 그 반댑니다. 기분이 안 좋아서 더 웃고 있었습니다."

산호는 자신이 겪은 일을 알려주었다.

무당파에서 연쇄 살인범이 나왔다는 말에 두 사람도 조금 놀랐다.

산호는 한숨을 쉬었다.

"휴우. 솔직히 침담합니다. 비록 다른 문파이긴 하지만, 같은 도문이니까요. 그런데 인간으로서 어떻게 그런 짓을 저지를 수 있을까요?"

산호는 충격을 많이 받은 상태였다.

인간이란 존재에 대해 실망감을 느낄 정도였다.

진서가 대답했다.

"반대로 생각해 봐."

"네에?"

"세상의 모든 일은 양면적이야. 인간도 그렇지. 나쁜 놈도 있고, 좋은 놈도 있어."

"그렇긴 하죠."

"너는 모두가 좋다고 생각했는데, 나쁜 놈을 만나서 기분이 나쁜 거잖아. 반대로 이기적이고, 나쁜 놈들 천지인데, 그 중에 좋은 놈도 있다고 생각하는 거야."

굉장히 직설적인 설명이었다.

하지만 산호는 뭔가 깨달은 얼굴이었다.

"그렇군요. 세상은…… 본래 양면이 존재했어요. 음과 양, 남자와 여자. 그리고 좋은 사람들이 있으면, 당연히 나쁜 사람들도 당연히 있을 텐데. 물론 그중에서 극단적인 성향도 있을 테고……."

어찌 보면 당연한 얘기였다. 이런 저런 사람들이 존재하는 것은.

산호는 꽤 심각하게 고민했다. 그러자 진서가 소리쳤다.

"야. 그런 고민은 나중에 해. 무리에 대한 깨달음도 아니고, 기다려 주기 싫어."

"아. 네에."

"그나저나 기분도 꿀꿀한데, 재미있는 거 할까?"

"기분을 풀 수 있는, 좋은 방법이 있으십니까?"

진서는 소매를 걷으며 대꾸했다.

"간단해. 싸우는 거야."

"네에?"

그녀는 내공을 끌어올렸다.

크크크크.

공기를 흔들리고, 산이 비틀거리는 느낌을 받았다.

농담이 아니고, 정말로 바닥이 울리면서 나뭇잎이 우수수 떨어졌다.

진서는 물었다.

"둘 다 궁금할 것 아니야? 내 진짜 실력이 어디까지인지? 그러니까 한번 붙어보자고."

"하지만 이렇게 갑자기……."

"이번엔 폭주는 안 하겠지?"

산호는 당황하면서 거절하려 했다. 하지만 철경은 역시 내공을 끌어올리며 물었다.

진서가 웃었다.

"크크큭. 나도 몰라. 한번 해보자고."

대책 없는 말투지만, 표정은 자신감이 넘쳤다.

그러자 철경이 먼저 달려들었다.

파아아앙.

쿠우웅.

이런 기회는 흔치 않다.

절대고수와 싸울 수 있는 기회.

앞으로의 복수를 생각한다면, 싸워보는 것이 좋았다.

그리고 무조건 강해져야 한다.

철경이 적극적으로 나서자, 산호 도장도 뛰어들었다.

"에라. 모르겠다. 잘 부탁합니다. 진서 여협."

사실 산호 역시 마찬가지였다.

실력을 키우고 싶었다. 두 사람에 비해 실력이 떨어지는 건 사실이니까.

그렇게 세 사람은 격돌했다.

산이 무너지기 직전까지 싸웠고, 그날 밤 덕령합 마을 사람들은 아무도 잠을 자지 못했다.

반 시진 전.

태전문 안.

장인모는 침상에 가만히 누워 있었다.

그는 요즘 고민이 많았다.

며칠 전, 아버지 말에 화가 나서 충동적으로 태전문에 입문했다.

그런데 시간이 지날수록 그 결정을 후회하고 있었다.

태전문은 자신의 생각과 너무 달랐다.

우선 수준이 형편없었다.

태조인 문주은 나쁘지 않다. 본인이 절정 고수이고, 가르치는 것도 친절했다.

나름의 체계도 있었다.

그런데 문도 수가 많아지면서 그 체계가 망가져 버렸다. 유명세로 인해 며칠 사이에 백 명이나 입문해 버렸으니.

지금도 계속 찾아오고 있고, 혼자서 백오십 명을 가르쳐야 한다.

이 사부인 허종은 자리를 비웠고, 태천화도 바빴으니까.

불가능했다.

결국 문도 중에서 무공을 할 수 있는 이를 뽑아서 사범으로 승격시켰다.

그리고 그들에게 문하생들의 기초를 맡겼다.

'어이없게도 내가 사범이 될 줄이야.'

그중에는 장인모도 있었다.

어릴 때 무공을 배웠고, 건달 생활을 하면서 싸움도 익힌 탓이다.

하지만 겨우 이류 수준이다.

누굴 가르친다고 하기에는 부끄러울 정도였다.

문파의 수준이 심각하게 낮다는 걸 보여주는 예시였다.

그리고 하는 일도 많았다.

오전에 사람들을 가르치고, 오후에는 태전문이 맡은 일을 해야만 한다.

일 자체는 힘들지 않았다.

심부름이나, 문 앞을 지키는 쉬운 일이었다. 따로 보수도 챙겨주었다. 다른 문파에 비해서 대우는 좋은 편이다.

하지만 이것 역시 매일매일 하니까 피로가 쌓였다.

무엇보다 불만인 건, 소문의 삼대룡을 볼 수 없었다.

그들에게 무공을 배울 수 없어도, 지나가면서 만날 수 있을 거라 생각했다.

혹시 조언 정도는 해주지 않을까? 그런 기대도 있었다.

하지만 입문한 이후부터, 한 번도 보지 못했다.

"휴우우우."

장인모는 다시 한숨을 뱉었다.

그래도 사범이라고, 태전문에서 개인 방을 주어서 다행이다.

이렇게 고민을 하면서 한숨도 뱉을 수 있으니.

'지금이라도 나갈까? 다시 동생들 모으고, 영입할 고수를 찾아봐?'

듣자 하니, 삼대룡은 곧 떠난다고 하던데.

태전문 내에서는 공공연하게 떠도는 소문이었다.

만약 삼대룡이 없다면? 태전문은 그저 그런 소문파에 불과했다.

아무리 키워도 한계가 있었다.

"어이. 장 사범. 안에 있어?"

그때 문 너머로 작은 목소리가 들렸다.

하 사범의 목소리였다.

그는 이번에 장인모와 같이 태전문에 입문했고, 역시 사범이 된 사내였다.

같이 처지였고, 나이도 비슷해 친구하기로 했었다.

"들어와. 안에 있어."

문이 열렸고, 하인재 사범이 들어왔다.

그는 혼자가 아니었다.

역시 이번에 새로 들어온 배후연 사범과 함께였다.

두 사람은 술과 안주를 가득 들고 있었다.

"뭐 해? 심심한데 한잔하자."

"좋지."

장인모도 벌떡 일어났고, 세 사람은 곧 술자리를 펼쳤다.

배후연도 나이가 비슷했고, 다 같이 친구 하기로 했다. 그러면서 술을 주고받았다.

살짝 취기가 오르자, 하인재가 진지하게 말했다.

"나 사실, 이곳을 떠날까 한다."

장인모는 놀라지 않았다.

하인재 역시 태전문에 실망했다고 몇 번이고 언급했기 때문이다.

아마 여기 있는 사람들은 비슷한 마음이겠지.

"내일 당장 문주님 찾아가서, 이 친구와 함께 그만둔다고 말할 거야. 장 사범. 너도 같이 가자."

너무 자신 있게 말하는데?

장인모가 물었다.

"어디로 갈 건데? 좋은 곳이라도 있어?"

"크큭. 그건 이 친구가 설명해 줄 거야."

하인재는 배후연을 가리켰다.

배후연이 입을 열었다.

"사실 나는 감숙성의 무관에서 무공을 익혔다. 목표는 천안검문이었고, 꽤 노력했지. 아, 천안검문이 어딘지는 알지?"

"잘 알지. 감숙성에 있는 대문파잖아. 듣자 하니, 백리세가와 일이 위를 다툰다던데."

"흐음. 요즘 백리세가가 새롭게 떠오르기는 하지만, 천안검문에 비하면 많이 부족해. 게다가 이번에 여불위 사태에 끼어들어 피해도 봤고, 집안 문제도 있다고 들었거든. 아무튼 요점은 그게 아니고."

그는 술을 한 잔 마시고 다시 설명했다.

"나도 열심히 했고, 실제로 천안검문 최종 시험까지 올라갔었어. 결과는 보다시피 떨어졌지만."

일반 평무사를 뽑아도 그 수준이 굉장히 높다고 한다.

그래도 일 년마다 백여 명 뽑는데, 삼천 명 이상 지원했다.

"시험에 떨어지고 나니, 화가 나고 짜증도 났어. 그래서 청해에 있는 작은 숙부님 댁에 놀러 왔지. 그러다가 삼대룡 소문을 듣고 태전문에 들어온 거고."

그게 어떻다는 거지?

결국 천안검문에서 떨어졌다는 거잖아.

그런데 중요한 말은 다음에 이어졌다.

"어제 말이야. 시장 쪽에 싸움이 벌어졌다고 해서 지원을 나갔는데. 우연히 아는 사람을 만난 거야. 천안검문에 같이 지원했던 친구인데, 그놈은 합격했었거든."

"천안검문의 사람이 이곳에 있었다고?"

"그렇다니까. 그리고 이번에 아주 귀한 정보를 줬어. 조만간, 아니 정확히 열흘 뒤에, 천안검문의 분타가 개파한다더군. 바로 여기에."

"여기 덕령합에?"

"그렇다니까?"

"확실해?"

"몇 번이고 물어봤고, 그 친구뿐 아니라 천안검문 고수들도 같이 있었어. 분명해."

장인모는 생각을 정리했다.

감숙성에 최강자, 천안검문이 진출하려 한다?

순간 몇 가지 생각이 떠올랐다.

배후연이 계속 설명했다.

"최근에 청해 제일문파인 사흑파의 세력이 약해졌잖아. 또 황실에서 보급 진지를 만들기 위해, 길을 정비한다는 소문도 있고. 알잖아? 길이 만들어지면 다니기 편해질 테고, 그럼 물류가 활발해지지. 당연히 상권이 형성되고."

"한마디로 덕령합은 노른자 땅이 된다는 뜻이야. 천안검문이 탐낼 만한 이유가 충분하지."

"으음."

하인재도 말을 보태고, 장인모는 고개를 끄덕였다.

그도 다 아는 사실이었다.

다만 자신의 생각보다 소문이 너무 일찍 퍼졌다. 이제 천안검문뿐 아니라, 다른 문파들도 이곳을 노리고 들어올 가능성이 높았다.

'그나저나 천안검문이라…….'

나쁘지 않았다.

아니, 솔직히 말하면, 상당히 괜찮았다.

천안검문은 정사 중간의 성향이고, 전통이 있는 오래된 문파였다.

절정고수만 수십 명을 보유하고 있으며, 문도 수는 천여 명이 넘는다.

또 문주 매화운은 젊고 합리적인 사람이라 들었다.

솔직히 여기보다 훨씬 조건이 좋았다.

"아무튼 분파를 개파하면, 새로운 제자를 받아들인다했어. 그리고 나 같은 경우에는 이미 시험을 치렀고, 아깝게 떨어졌기 때문에 바로 받아준대. 약속했어."

"특히 이번에는 시험 기준을 낮추고, 가능한 지역의 무인 위주로 뽑는다고 하더라. 그러니까 우리도 들어갈 수 있어."

"장 사범 너는 지역 유지의 아들이니, 분명 좋아할 거야."

결국 아버지의 위세 때문에 합격할 수 있다는 의미였다.

으음. 기분은 나쁘지만, 어찌되던 좋은 조건임은 분명했다.

장인모는 솔직히 흔들렸다.

이왕 용의 꼬리가 될 거라면, 이런 허접한 태전문보다 확실한 대문파인 천안검문이 좋을 것이다.

"뭘 망설여? 무조건 가야지."

하인재는 이미 마음을 굳힌 것 같았다.

"여기는 딱 소문파야. 그 이상은 절대 안 돼. 알잖아?"

"맞아. 나 같은 경우에는 삼대룡 소문만 들었지, 한 번도 본적도 없어."

"나도 그래. 생각해 봐. 본래 소문이란 부풀려지게 마련이잖아. 이런 말은 미안하지만, 시골 사람들 눈에는 어떤 무공이든 굉장해 보이기 마련이라고."

"그래. 과장된 걸 거야."

'하긴, 나도 철경이 직접 싸운 걸 보진 못했으니까.'

장인모는 철경이 설총문 문주를 쥐어 패는 건 봤다. 하지만 하늘을 날면서 싸우는 모습은 아니었다.

소문처럼, 손에서 불을 뿜어내는 모습을 본 적은 없었다.

이쯤 되자 장인모도 마음이 기울었다.

그래서 '알겠다. 같이 가자.' 라고 말하려는 순간이었다.

쿠쿠쿠쿵.

콰 콰.

갑자기 하늘에서 벼락이 내리치는 소리가 들렸다.

"뭐지? 갑자기 비가 내리나?"

"그럴 리가? 오늘은 구름 한 점 없었는데."

세 사람은 의아해서 창문을 열었다.

그리고 보았다.

하늘에서 세 가지 빛이 번쩍이는 모습을.

붉고 푸르고 노란 빛이 번쩍이며, 뒷산에서 하늘로 승천했다가 다시 아래로 떨어지는 모습을.

그러기를 수 차례, 저들이 삼대룡이라는 걸 어렵지 않게 알 수 있었다.

"맙소사."

"삼대룡의 전설은…… 사실이었구나."

세 사람은 입을 쩍 벌렸다.

그렇게 멍하니 하늘만 바라보았다.

세 사람은 더 이상, 삼대룡의 전설을 의심하지 않았다. 그리고 천안검문의 이야기도 꺼내지 않았다.

마을 사람들도 그것을 보았고, 삼대룡의 전설은 더욱 커져만 갔다.

3장

다음 날 아침, 철경은 사람들을 불러 모았다.

태조인, 태무경 부자와 진서, 산호가 한자리에 모였다. 그리고 의외로 제갈민이 참석했다.

진서가 태무경에게 물었다.

"곰탱이 동생은 어디 갔어?"

"표국 의뢰를 받고 떠난 후 아직 돌아오지 않았습니다."

"그래?"

그리고 철경에게 이어서 말했다.

"아, 그리고 나는 이제 일을 못 해. 지난번에 나 아는 놈을 만나서 다 죽여 버렸잖아. 다음에도 아는 놈을 만날 수도 있어."

사실 귀찮아서 하는 말이었다. 그런데 태무경도 그 말에 동의했다.

"사실 저도 그 부분에 대해 얘기하려 했습니다. 지금 저희 태전문으로 쏟아지는 의뢰는 너무 많습니다. 인원이 부족해서 제대로 처리 안되고, 제자들의 불만도 많은 상태입니다. 그래서 말인데, 일을 줄였으면 합니다."

"그러잖아도 그것 때문에 모이라고 했소."

철경이 사람들에게 말했다.

"급하게 필요한 돈은 다 모았소. 그러니 더 이상 의뢰를 받지 마시오. 삼대룡도 더 이상 일을 못 할 거요."

태조인과 태무경은 고개를 끄덕였다.

그들도 삼대룡이 언제든지 떠날 수 있다고 생각하고 있었다. 애초에 문파를 크게 키울 욕심도 없었고, 오히려 철경의 말에 안심하는 눈치였다.

철경이 이어서 말했다.

"대신 여러분께 부탁할 것이 있소. 개인적인 일이라 볼 수도 있는데, 여기 있는 사람들에게 크든 작든 영향이 미칠 수 있소. 그러니 나를 도와주시오. 물론 보상은 충분히 하겠소."

"당연히 도와드려야죠. 무슨 의뢰입니까?"

태무경은 곧바로 물었다.

다른 사람들도 도와줄 의사는 있었다. 하지만 궁금했다.

도대체 무슨 일이기에, 철경이 도움을 요청할까?

사실 지금까지 철경은 무슨 일이든 혼자 해결했었다. 도와달라는 적이 한 번도 없었다.

"사실 그저께 도박장에 갔다가 만묘신수를 만났소."

"만묘신수 반건위 말인가?"

태조인이 놀라서 물었다.

산호와 진서, 심지어 제갈민도 놀라는 눈치였다.

모두 반건위가 누군지 알고 있었다. 그의 놀라운 기행과 내기를 향한 집착도 잘 알았다.

너무나 유명했기 때문이다.

"설마 내기 같은 걸 하신 건 아니죠?"

"말하는 걸 보니까, 내기를 했네. 무슨 내긴데?"

"무슨 내기를 하셨는데요?"

사람들은 동시에 물었고, 철경은 그날 있었던 일을 간략히 알려주었다.

다섯 사람은 모두 할 말을 잃었다.

여기서 제일 막무가내인 진서조차 입을 쩍 벌렸다.

"처, 천만 냥? 너어, 미쳤구나."

다른 사람들도 봇물 터지듯, 입을 열었다.

"그 정도면 마을을 몇 개나 만들 수 있는 돈 아닙니까?"

"그것도 백 일 이내로 만들어야 한다고요?"

"아니, 현실성이 있는 거예요? 없는 거예요. 태무경 아저씨. 지금 저희가 보유하고 있는 돈이 얼마죠?"

마지막에 제갈민이 조잘거리며 물었다.

태무경은 아직 천만이란 숫자에서 멍하니 있다가, 얼떨결에 대답했다.

"그, 그러니까 어제까지 모은 돈이 대략 십오만 냥 정도?"

"이것 보세요. 자본금이 십오만 냥인데, 어떻게 백 일 안에 천만 냥으로 불려요? 사부님! 그렇게 안 봤는데, 너무 대책 없으시네요."

제갈민은 따지듯이 소리쳤고, 모두 비슷한 표정이었다.

그런데 철경은 무뚝뚝하게, 그리고 간단히 대답했다.

"대책은 있다."

이어서 하나씩 설명했다.

"일단 어제 도박에서 딴 오십만 냥이다."

그는 품속에서 전표 뭉치를 꺼내어 내밀었다.

"도박에서 따셨네요."

"그런데 오십만이나 땄어요?"

"와아. 어떻게 한거야?"

사람들의 반응을 무시하며 다시 말했다.

"그리고 추신검문의 만무당을 파낸다."

"아아, 그렇지. 만무당."

진서가 손뼉을 치며 아는 척을 했다. 그녀는 철경과 같이 있었기에 만무당에 대해 잘 알고 있었다.

"그렇구나. 추신검문이 가지고 있던 가장 큰 보물창고였으니, 제법 돈이 있겠네. 그런데 폭약을 써서 땅에 묻어버렸잖아. 그걸 파내려고?"

"그래."

"가능할까? 완전히 묻힌 것 같던데."

"아래로 내려가는 통로에만 폭약을 심어두었다. 입구와 통로에 쌓은 돌만 걷어내면 생각보다 빨리 길을 뚫을 수 있어."

"다 같이 갈 거야?"

"아니, 거긴 따로 부탁할 사람들이 있다."

그 일은 혈랑대의 남궐우에게 부탁할 생각이었다.

나중에 무영문의 경아인이 오면, 그의 행방을 물어볼 것이다.

"그리고 다른 사람에게 투자를 받는다."

"투자요?"

"이건 태전문에서 도와주셔야 할 것 같습니다."

"무슨 일이든 돕겠네."

태조인이 대답했다.

"제갈민, 이 일에 너의 도움도 필요하다."

"공짜로요?"

"내기에서 이기면, 필요한 걸 주지. 그러니 사람들에게 투자를 잘 받을 수 있을지 방법을 고민해다오."

"으음. 알겠어요."

제갈민은 간략히 대답했다. 사실 벌써부터 생각하는 것

이 있었다.

"그리고 진서와 산호 도장에게도 각각 부탁할 것이 있는데."

그때였다.

철경이 기다리던 경아인이 나타났다. 그런데 달려오는 모양새가 이상했다.

허겁지겁 황급히 달려오고 있었다. 그 모습이 무슨 일이 생긴 것 같았다.

아니나 다를까, 딱딱한 얼굴로 소리쳤다.

"큰일 났습니다. 허종 형님이 크게 다치셨습니다."

철경은 회의를 멈춰야만 했다.

허종은 대호표국의 표행을 따라갔었다.

그런데 도적들이 나타났고, 허종은 그들과 싸우다가 다쳤다고 한다.

"지금 어디 있는데?"

진서가 쌍심지를 켜며 물었다. 기분이 나빠 보였다.

경아인이 대답했다.

"지금 대호표국에서 치료를 받고 있습니다."

"왜 안 데려오고?"

"심하게 다쳐서 움직이면 안좋을 것 같아서요."

"그럼, 대호표국으로 가자."

진서가 철경을 보면서 말했다.

철경은 고개를 끄덕이며 일어섰다.

산호 도장과 경아인, 태무경까지 함께 태전문을 나섰다.

제갈민도 가고 싶었지만, 철경 때문에 수련하러 가야만 했다.

태조인 역시 문도생 때문에 움직이지 못했다.

대호표국은 덕령합의 외곽 쪽에 있었다. 다섯 사람은 경공을 사용하여, 금방 표국에 도착했다.

"으으으으."

"아아악."

여기저기서 곡소리가 들렸다.

대부분이 크게 다쳤고, 몇 명은 목숨이 위태로운 지경이었다.

다섯 사람들은 곧장 허종이 있는 방으로 안내받았다.

팔, 다리 머리 등, 온몸에 붕대를 감아 놓았다. 그럼에도 괴로운지, 연신 신음소리를 뱉으며 끙끙 앓았다.

얼굴색도 좋지 않고, 호흡도 고르지 못하다. 내장까지

다친 것 같았다.

태무경과 경아인은 안쓰러운 눈빛으로 바라봤다.

그런데 진서는 혀를 몇 번 차더니, 한심하다는 듯 중얼거렸다.

“쯧쯧. 난 또 많이 다쳤다길래, 어디 하나 잘린 줄 알았네.”

그러더니 갑자기 허종의 머리를 잡았다. 그리고 다른 손으로 백회혈로 눌렀다.

“커헉.”

허종은 온몸을 파닥거렸지만, 곧 진서에 의해 제압당했다.

아무 말도 못하고, 움직이지 못했다. 하지만 굉장히 아픈 듯 눈이 커지고, 팔다리 혈관이 솟아났다.

경아인은 놀라서 말리려 했다.

철경이 그를 막았다.

“돕는 거다.”

“네에?”

그 말이 사실일까? 의심스러울 때, 허종은 갑자기 피를 토했다.

“우에에엑.”

그러면서 부르르 떨었다.

진서가 소리쳤다.

“괜찮아. 인마. 안 죽어. 검게 죽은 피잖아.”

그렇게 위로를 해주려나 싶더니, 갑자기 허종의 뒤통수를 때렸다.

따악.

"야이씨. 입 닫아! 내 옷에 피가 튀잖아."

"네에에……."

허종은 아무 말 못하고, 입을 다물었다.

그런데 분명 효과는 있었다.

허종의 얼굴색이 붉은빛으로 돌아왔고, 숨소리가 편안해졌다.

철경은 경아인에게 말했다.

"여긴 진서에게 맡겨두고, 국주를 만나러 가자."

"네. 네에."

경아인은 연신 뒤를 돌아보면서 방을 나섰다. 그리고 대호표국의 국주에게 안내했다.

국주 위지한 역시 부상이 심했다.

오른쪽 팔을 아예 쓰질 못했고, 귀 한쪽이 잘려 나갔다.

철경이 물었다.

"어떻게 된 겁니까?"

"휴우. 제 잘못입니다. 허종 대협이 위험하다고 언질을 주셨는데…… 제가 욕심을 부려서 그만……."

피막산을 올라가는 중에 허종이 갑자기 다른 길로 가자고 요구했다고 한다.

"이유를 물어보니, 이쪽 길에 뭔가가 있는 것 같다고, 왠지 불길하다고 하시더군요. 하지만 정확한 이유를 말씀 못 하시고, 돌아가면 닷새나 늦어지는 상황이라…… 그냥 무시하고 산을 올랐습니다. 그랬는데, 갑자기 그들이 나타난 겁니다."

하나같이 복면을 쓰고 있었다고 한다.

백여 명이 넘었고, 다짜고짜 검을 휘둘렀다. 단순히 물건만 뺏는 것이 아니라, 전부 살해하려는 의도였다.

심지어 무공을 모르는 쟁자수까지 죽이려 들었다.

대호표국의 사람들은 격렬히 반항했다. 큰 싸움이 벌어졌고, 특히 허종이 크게 힘을 썼다.

마침 지나가는 무림인들도 도왔고, 끝내 그들을 물리칠 수 있었다.

정확히 말하면, 그들은 중요한 표물이 든 마차를 채로 들고 달아났다. 표사들은 그들을 말리거나 잡지 못했고, 가만히 지켜보았다.

몰살을 당하진 않았지만, 결국 표물을 뺏긴 것이다.

경아인이 물었다.

"정말 죄송합니다만, 표물이 뭔지 알 수 있습니까?"

"그건, 말해줄 수 없습니다. 의뢰자께서 비밀을 요구하셨거든요."

"으음."

"제가, 표물을 알려줄 순 없지만, 그들이 누군지는 알고 있습니다."

국주의 말에 철경이 다시 물었다.

"누굽니까?"

"경서도문입니다."

국주는 단호히 말했다.

"도법을 검법으로 변형해서 사용했지만 그들이 분명합니다."

"왜 그렇게 생각하시오?"

"표사 중 한 명이 목숨을 걸고 말해줬습니다. 소싯적에 경서도문에서 무공을 배웠다고 하더군요. 그래서 그들의 무공을 잘 알고 있었고, 강도들 대부분이 같은 무공을 사용했습니다."

"그 표사를 볼 수 있소?"

"죽었습니다."

국주는 침통한 얼굴로 대답했다. 그리고 다시 말했다.

"하지만 믿을 수 있는 녀석입니다. 만약 지금이라도 그 놈들에게 간다면, 우리한테 뺏은 표물의 흔적을 찾을 수 있을 겁니다."

그 말에 철경은 경아인에게 물었다.

"경서도문이 어디 있는지 알고 있소?"

"그게, 제 담당구역이 아니라서요. 대충 위치는 알고 있는데, 가 본 적은 없습니다."

대호표국주가 나섰다.

"내가 안내하겠습니다."

하지만 그의 상태는 좋지 않았다. 그뿐 아니라, 표사들은 움직이기 힘들었다.

경아인이 잠시 생각하더니, 말했다.

"태전문에 장인모가 입문했죠? 그가 위치를 알고 있을 겁니다."

"장인모?"

"네. 장학비의 아들 있잖습니까? 어릴 때 아버지 심부름으로 여기저기 많이 다녔거든요. 나중에 건달 짓을 하면서 이상한 길로 빠졌지만, 이 근방에 관해서는 무영문 사람보다 빠삭합니다."

"그럼 진서와 경아인은 나를 따라오고, 태무경과 산호 도장은 여길 지켜주시오."

그의 말을 믿고, 태전문으로 돌아갔다. 그리고 장인모를 찾아가서 물었다.

"경서도문이 어디 있는지 알고 있소?"

"네에? 네에."

"가 봤소?"

"네. 두 번 쯤요."

"그럼 갑시다."

역시 장인모의 뒷덜미를 붙잡고, 경공을 사용했다. 지난 번과 동일하게, 그를 데리고 경서도문을 찾아갔다.

다만 이번에는 진서와 경아인이 따랐고, 칠경의 얼굴에 살기가 흐르는 점이 달랐다.

경서도문은 청해에서 두 번째로 큰 사파였다.

사흑파에 비하면 많이 부족하지만, 두 번째로 영향력이 크다는 건 분명했다. 문도 수만 수백 명이고, 절정고수 서른 명, 문주는 초절정 고수였다.

장인모는 칠경에게 매달려 가는 중에 물었다.

"그런데 왜 가시는 겁니까?"

칠경은 대호표국에 벌어진 일을 짧게 설명했다.

장인모는 안타까워하면서도 크게 놀라진 않았다.

"휴우. 저도 대호표국에 아는 사람이 있는데, 안됐네요. 그런데 그놈들, 충분히 그럴 수 있습니다. 사파 중에서도 질 나쁘기로 유명하거든요."

말을 들어보니, 과거에도 비슷한 일을 벌였다고 한다.

"하지만 워낙 규모가 있으니까요. 그냥 모른다고 발뺌하면 아무도 건들지 못합니다. 쉬쉬하고, 겁이 나서 못 따지죠."

장인모도 건달이지만, 그들은 정말 나쁜 놈들이라고 욕을 했다.

그러면서 그들이 벌린 악행들을 일러바치듯 고했다.

장인모는 말을 하다가 문득 생각이 나서 물었다.

"그런데 거길 왜 가신다고요? 따지시려고요?"

"뺏긴 표물을 찾아야지."

"그리고 곰탱이 동생 복수도 해야해."

철경이 말하자, 진서도 이어서 말했다.

그 말을 들은 장인모는 세 사람을 보고, 뒤쪽을 쳐다보았다.

아무도 따라오지 않았다.

"그런데 거길, 세 분만 가신다고요?"

장인모는 놀라서 소리쳤다.

"저어, 혹시나 해서 말씀드리는데, 경서도문은 설총문하고는 차원이 다른 곳입니다. 여긴 정말 잔인하고 무서운 놈들 천지예요. 솔직히 청해제일문파는 사흑파지만, 단순히 무서운 걸로 치면 경서도문이 더 해요."

경아인도 걱정스럽게 한마디 했다.

"저분의 말이 틀리진 않습니다. 사흑파에 가려서 그렇지, 경서도문은 대문파입니다. 두 분이 대단하다는 건 알지만, 조심하셔야 합니다. 게다가 그들이 물건을 훔쳤다는 심증은 있지만, 증거가 없잖습니까?"

철경은 아무 말도 하지 않았고, 진서는 코웃음을 쳤다.

"흥, 겨우 경서도문 따위가 무슨……."

그녀는 진심으로 우습게 보고 있었다.

네 사람은 마침내 경서도문에 도착했다. 늦은 밤은 아니었고, 해가 질 무렵이었다.

굳이 증거를 확보할 필요도 없었다. 근처 나무에 올라가서 보니, 안쪽이 훤히 보였다.

연무장 한 가운데, 탈취한 대호표국 짐마차가 보였다. 표물들이 한가득 쌓여 있었다.

그들이 히히덕거리는 목소리까지 여기까지 들렸다.

"푸하하. 오랜만에 시원하게 해치웠어."

"젠장. 난 아쉽다. 다 죽였어야 되는데. 그래야 깔끔하게 끝나는 건데."

"어쩔 수 없지. 오늘 우린 도 대신 검을 들었잖아."

"게다가 그놈들, 생각보다 잘 싸우더라."

다른 누군가 물었다.

"설마 우리 짓인지 알아채진 못하겠지?"

"X발. 제까짓 놈들이 알면 어쩌겠어? 우리 경서도문까지 찾아올 것 같아?"

"그래. 겁이 나서 못 올 거야."

"와도 그래. 모른 척하면 그만이잖아."

"더구나 이번 일은 문주님께서 직접 지시하셨잖아. 해결해주시겠지. 걱정할 필요 없어."

가만히 잎아서 그들이 하는 얘기만 들었다. 그래도 모든 걸 알 수 있었다.

진서는 자신의 머리카락을 뒤로 묶으면서 물었다.

"어떻게 할까? 내가 문주와 장로들 목부터 따버릴까?"

마치 오이밭에서 오이를 따듯 가볍게 말했다.

철경은 고개를 저었다.

"나 혼자 가지."

"혼자서? 나도 피 좀 보고 싶은데."

"내가 먼저 들어간 후에."

"그래. 맞춰주지."

지난번 철아검 때는 겁만 줬었다.

하지만 이번에는 확실히 보여줄 생각이다. 태전문을 건들면 어떻게 되는지.

철경은 경아인과 장인모에게 말했다.

"두 사람은 여기에 있으시오."

그리고 나무 밑으로 내려가서, 오랜만에 철아검을 뽑았다.

스르릉.

거대한 검이 위력적으로 번쩍였다.

여러 명을 상대하거나, 겁을 줄 때는 이 무기가 효과적이다.

철경은 그대로 정문을 향해 돌진했다.

콰앙.

베어버린다는 개념이 아니다.

마치 몽둥이로 때려 부수는 것 같았다.

정문을 포함해 좌우 삼 장의 담벼락까지 모소리 무너졌다.

단 한 방에 벌어진 일이었다.

"비상이다."

"도대체 어떤 놈이야?"

땡땡땡땡.

비상종이 울리면서 경서도문의 무인들이 한 자리에 모여들었다.

철경은 안으로 들어갔고, 그들은 철경을 포위했다.

여기까지는 설총문과 비슷했다.

하지만 그 후가 달랐다.

경서도문은 단순히 포위만 하는 것이 아니라, 무기를 휘둘렀다.

죽일 생각으로 살기를 띠며 철경에게 달려들었다.

그들은 성급했고, 폭력적이었다.

철경이 중얼거렸다.

"마음에 드는군."

그 역시 말로 할 생각은 없었으니까.

그는 철아검을 휘둘렀다.

부우우웅.

단순히 옆으로 휘둘렀다.

하지만 생어토결에 천뇌전공을 섞었고, 이전보다 훨씬 빨리 움직였다.

그 자리에서 한 바퀴를 돌았다.

쫘아아악.

"으아악."

"크헉."

달려오던 이들이 대부분 반으로 갈려나갔다.

일격에 죽은 이가 서른 명이 넘는다. 운 좋게 살아남은 놈들도 바닥을 기며 뒤로 물러섰다.

이번에는 철경이 앞으로 나서면서 검을 휘둘렀다.

부우웅.

쫘악.

역시 피가 튀고, 스무 명이 쓰러졌다.

주위는 삽시간에 조용해진다. 마치 추운 겨울처럼 싸늘해졌다.

철경은 철아검을 거꾸로 쥐고 그 끝을 바닥에 찍었다.

쿠웅.

그리고 그들에게 말했다.

"덤벼라."

단 한마디에 경서도문의 무인들은 압도당했다.

말로 할 수 없을 정도로 묵직했고, 경서도문의 무인들은 얼어붙었다.

"뭣들 하느냐? 정신 차려라!"

"저놈을 죽여!"

내전에서 새로운 무인들이 나타났다.

절정 고수들이었고, 분위기가 다시 바뀠다.

철경도 가만있지 않았다. 그가 먼저 그들에게 달려들었다.

몸집에 어울리지 않게 가볍고, 빠르다.

오히려 절정고수들이 놀라서 오는 걸음을 멈추었다.

부우웅. 부웅.

이번에는 철아검을 위에서 아래로 내리찍었다. 그런데 그 위치가 참으로 미묘했다.

어디로 피하든 부딪칠 수밖에 없는 위치였다.

결국 어쩔 수 없이 도를 들어 막았는데, 도와 팔을 한 번에 부러뜨렸다.

콰직.

으아아악.

얼굴까지 곤죽으로 만들어버렸고, 앞뒤로 두 명이 비명도 지르지 못하고 즉사했다.

이어서 발로 검을 툭 차면서 옆으로 휘둘렀다.

검이 굉장히 커서 피하기 쉽지 않다.

부우우웅.

크윽.

아악.

세 명이 다시 쓰러졌다.

하지만 대부분은 철판교를 시전하면서 피했다. 확실히 절정 고수들은 달랐다.

하지만 철경도 그걸 짐작했고, 더 빠르게 움직였다.

그리고 무릎을 구부려, 이번에는 두 뼘 정도 낮추어 검을 휘둘렀다.

콰직.

으아아악.

다섯 명이 죽고, 뒤로 물러나는 놈들은 따라붙어서 가슴을 발로 쳤다.

콰아앙.

가슴뼈가 산산조각 나면서 죽었다.

경서도문에서 난다 긴다 하는 절정 고수들이 철경의 검은 피하지 못했다.

모두 일초식으로 죽었다.

철경의 검이 빠른 데다, 금륜안 때문이다.

피할 수 있는 공간을 미리 파악하고, 선점하는 탓에 피하기 어려웠다.

순식간에 절정 고수 수십 명이 한 명한테 죽었다. 경서도문의 무인들은 두려움을 느꼈다.

누군가 소리쳤다.

"후퇴. 후퇴하자!"

말이 떨어지기 무섭게 그들은 뒤로 물러났다. 여전히 철경을 둘러쌌지만, 십여 장이나 물러나서 포위란 기능을 상실했다.

전의도 잃어버렸다.

"멍청한 놈들아!"

누군가 크게 호통을 쳤다.

그는 무거운 기운을 뿜어내며, 장내로 들어섰다.

지금까지와는 차원이 다른 존재감이다.

그가 바로 경시도문의 문주, 왕의찬이었다.

도를 뽑지도 않았는데, 사방에서 도기가 줄줄 흘러내린다.

분명 초절정에 이른 경지였다.

그 혼자만 있는 것이 아니었다.

그의 옆에 있는 무인들도 초절정에 인접했거나, 그에 준하는 실력을 지니고 있었다.

지금까지와는 달랐다.

문주와 장로들로 철경에게 쉽게 당할 수준이 아니었다.

하지만 그들이 내뿜는 위세에도 철경은 담담했다. 여전히 무뚝뚝한 얼굴로 그들을 바라보았다.

왕의찬이 소리쳤다.

"하나만 물어보자. 너는 누구냐? 누군데, 여기서 이 지랄이야?"

"철경."

"철경? 이름이냐? 처음 듣는 이름인데, 여기 와서 왜 깽판 치는 거지?"

"저것 때문에."

철경은 한쪽 구석에 있는 표물을 가리켰다.

왕의찬도 그제야 상황을 파악한 것 같았다.

"씨발. 완전 똥 밟았네. 그럼 대호표국에서 왔다는 소린데, 표사 같지는 않고, 돈을 받고 도와주는 낭인이냐? 그럼 우리가 돈을 더 줄 수 있다. 세 배 이상 주지."

철경은 고개를 저었다.

"태전문 때문에 왔다."

"뭐라는 거야? 태전문은 또 뭔데?"

"태전문은 대호표국의 표행을 도와주었다. 그리고 너희들은 태전문의 사람을 다치게 했지."

철경은 간단히 설명했고, 마지막에 한 마디 더 붙였다.

"그게 너희들이 멸문당하는 이유다."

"며, 멸문? 푸하하."

왕의찬은 철경을 비웃었다.

"이 새끼, 오냐오냐 해주니까 선을 넘네. 야. 네가 지금 우리들을 다 죽이겠다고? 너 혼자서? 절대 불가능하지."

"왜, 내가 혼자라 생각하지?"

서걱.

툭.

그때 왕의찬 옆에 있던 남자의 목이 떨어졌다.
그것이 시작이었다.
양옆에 있는 고수들의 목이 차례로 떨어졌다.
철경이 시선을 끄는 사이, 진서가 차례대로 목을 벤 것이다.
아무도 그녀의 존재를 보지 못했다. 느끼지도 못했고, 잘렸는지도 몰랐다.
왕의찬 역시 마찬가지였다.
목이 떨어지고 나서야, 그들이 죽은 줄 알았다.
"누, 누가……."
그제야 깨달았다. 상상도 못 할 고수가 주변에 있다는 걸.
그의 이마 위로 땀방울이 흘러내렸다.
"비, 빌어먹을."
그사이 철경이 움직인다.
조금 전보다 더 빨라졌다. 어느새 철아검이 왕의찬의 머리 위에서 떨어졌다.
콰아앙.
"크윽. 이 비겁한……."
왕의찬은 고수였다.
급한 와중에도 철경의 검을 흘리면서 반격까지 시도했다.
샤샷.
도기로 인해 철경의 뺨이 갈라졌다.

철경은 이어서 날아오는 도기를 피하며 그를 비웃었다.

비겁?

비겁이면 어떠한가?

이번엔 협상하러 온 것이 아니라, 죽이러 왔는데.

그리고 죽일 때는 무슨 짓을 하든 죽여야 한다.

또 이번만큼은 압도적으로 이길 필요가 있었다.

철경이 노리는 건, 소문이기 때문이다.

누구든 태전문을 건들면, 멸문을 각오해야 한다. 그런 소문을 만드는 것이 계획이었다.

철경은 금륜안을 최대로 끌어올렸다.

그리고 생어토결을 운공하면서 목하시류결도 흘려보냈다.

초식은 조금 전과 같다.

부우우웅.

똑같은 초식이 들어오자, 왕의찬은 여유롭게 피했다. 다만 자신도 모르게 조금 전과 비슷한 방향으로 피해 버렸다.

철경은 이걸 노렸다.

어깨에서 우두둑 소리가 날정도로 무식하게 검의 궤도를 바꾸었다.

그가 피하려는 방향이었고, 왕의찬은 깜짝 놀라 도를 밀어 올렸다.

까아앙.

놀랍게도 철경의 거대한 검을 하늘 위로 날려 버렸다.

순간 왕의찬은 이상함을 느꼈다.

'검이 생각보다 너무 가볍다?'

하지만 급한 마음에 내공이 온전하게 들어가지 않았다. 그런데도 너무 쉽게 튕겨낸 것이다.

저 검의 무게만 해도 상당할 텐데,

이상함을 깨닫는 순간, 철경이 검을 놓아버렸음을 깨달았다.

그는 검의 손잡이를 놓고, 맨몸으로 달려들었다.

벌써 왕의찬 코 앞까지 들어왔고, 그의 솥뚜껑만 한 주먹이 얼굴에 떨어졌다.

'이 녀석. 일부러…….'

철경이 일부러 힘을 뺐다는 걸 깨달았다. 검이 날아가면서 시선을 분산시켰고, 그사이 파고든 것이다.

게다가 더 빨라졌다.

아니 어디까지 빨라질 셈인가?

게다가 조금 전까지 힘 있고 묵직한 내공이 아니라, 제비처럼 날쌔고, 부드럽다는 것이 느껴졌다.

어떻게 같은 몸에서 두 개 기운이 느껴지는 거지?

그런 의문을 가짐과 동시에 잊어버렸다.

철경의 주먹을 정면에서 받아야 했으니까.

피하기는 너무 늦었다.

도의 손잡이를 끌어올리며 임시적으로 막았다. 그리고 방탄기공까지 최대한 끌어올렸다.

충격에 대비한 것이다.

그리고 반격할 계획까지 세웠다. 아주 잠깐의 기회만 주어진다면, 동귀어진 수법으로 같이 죽으려 했다.

콰아앙.

으윽.

하지만 주먹을 맞자마자 직감했다.

계획은 흐트러졌다.

철경의 주먹에는 뇌전의 기운이 섞여 있었다.

부딪치는 순간, 몸이 감전되어 마비되었다.

반격은커녕, 움직일 수도 없는 상태.

바로 그때 철경의 주먹이 비처럼 쏟아졌다.

'한 사람이 종류가 다른 세 가지 내공을 가진다고?'

그 의문과 함께 의식이 흐려진다.

콰쾅. 쾅. 쾅. 쾅.

다시 내공이 바뀌고 있었다.

뇌전에서 무겁고, 육중한 기운으로 바뀌었다.

주먹 하나하나에 천근과 같은 무게가 실려 있었다.

왕의천의 얼굴은 완전히 함몰되었다.

이미 바닥에 쓰러졌고, 일어서지 못했다.

그는 이미 죽은 것이다.

후우우우.

철경은 내기를 다스렸다.

싸우는 도중에 갑작스럽게 내공을 바꾸는 일은 쉽지 않았다.

내기가 꼬이는 것 같았고, 혈맥도 살짝 부풀었다. 신체 역시 부담이 된 듯 팔다리가 저리고, 신물이 올라온다.

하지만 성공했다.

예전이었다면 상상도 못 할 일인데, 보기 좋게 해냈다.

'그만큼 성장했다는 의미겠지.'

수련을 올바르게 하고 있다는 뜻이기도 했다.

칠경은 짧게 만족한 뒤, 주변을 둘러보았다.

경서도문의 문도들은 서로 눈치를 보고 있었다.

문주와 장로들은 전부 죽었다.

구심점이 사라진 이상 복수를 해야 할지 도망을 쳐야 할지 판단을 내리지 못하고 있었다.

"이 버러지들아. 뭣들 하는 거야? 아버님이 돌아가셨다. 다들 목숨을 걸고 싸워야지!"

누군가 소리쳤고, 보아하니 경서도문의 문주 아들인 것 같았다.

그가 화를 내며 복수를 독려했다.

"어서 무기를 들어……."

서걱.

하지만 말을 끝맺지도 못하고 목이 또 잘려 나갔다.

진서의 솜씨였다.

그 후에는 간단했다.

경서도문의 무인들이 알아서 도를 버렸다.

사람은 보이지 않는데, 갑자기 목이 잘린다?

주변에 귀신이 있는 게 아니면, 상상도 못할 고수가 또 있다는 뜻이다.

그만큼 무서웠다.

철경 일행은 대호표국이 잃어버린 표물들을 다시 수레에 실었다.

총 두 대 분량이었고, 경아인과 장인모가 수레를 하나씩 몰고 집으로 돌아갔다.

나중에 경아인이 경서도문의 후일담을 전해 주었다.

그날 저녁, 살아남은 무인들은 경서도문을 떠났다고 한다. 문주가 모아놓은 재산을 모두 훔쳐서 달아났다.

그렇게 경서도문은 사라졌다.

청해에서 두 번째로 큰 사파가 멸문한 셈이다. 그리고 이 소문은 청해 전역으로 퍼졌다.

장인모는 마차를 몰고 오는 내내, 가슴이 뛰었다.

철경이 보인 신위에 반해버렸다. 평소 자신이 선망하던,

바로 그 모습이었다.

'멋있다. 너무!'

설총문을 상대할 때와는 비교하니, 더욱 빛났다.

필요하지 않으면 함부로 무공을 사용하지 않는다. 하지만 꼭 필요할 때는 압도적인 힘으로 찍어 누른다.

장인모는 언젠가는 자신도 꼭 그렇게 되고 싶어 했다. 그런데 그런 사람이 바로 옆에 있지 않은가?

마차 옆에서 걷고 있는 철경을 힐끔거리며, 다짐했다.

무조건 철경 옆에 있겠다고.

언젠가는 철경처럼 되고 싶었고, 지금은 그가 모습을 보고 싶었다.

'그래. 천안검문이고 뭐고 다 필요 없어.'

장인보는 무조건 태전문에 남기로 마음먹었다.

철경이 떠나지 않는 한, 아니, 떠난다고 해도 돌아오기만을 기다릴 것이다.

그리고 언젠가는 그의 옆에서 같이 싸울 날을 꿈꿨다.

되찾은 표물은 대호표국에 가져다주었다. 대호표국의 국주는 버선발로 마중 나왔다.

그는 눈물을 흘리며 고마워했다.

"감사합니다. 정말 고맙습니다. 크으으."

앞으로 태전문이 무슨 일을 하든, 꼭 도와주겠다고 약속했다.

허종도 정신을 차렸다.

그는 경아인의 말을 듣고 조금 감동했다.

경서도문까지 가서 멸문시켰다는 것과 진서가 끝까지 복수 운운했다는 말을 듣고, 묘한 기분이 생겼다.

'흠. 나쁘진 않네.'

그리고 철경은 사람들을 이끌고, 태전문으로 돌아왔다.

마침 태전문에는 철경이 기다리던 사람이 있었다.

혈랑대의 남관우였다.

그가 경아인이 보낸 연락을 받고 태전문에 도착했다.

"오랜만에 뵙습니다."

둘은 짧은 인사를 나누었다.

철경은 그를 데리고 조용한 방으로 들어갔다.

남관우의 표정은 좋지 않았다.

여불위의 무덤에서 많은 것을 잃은 탓이다.

사실 무덤의 정확한 위치를 찾은 건 혈랑대였다.

그만큼 성공 확률이 높았고, 많은 것을 쏟아부었다.

하지만 결과는 비참했다.

혈랑대 낭인은 대부분 죽었고, 돈은 전부 날렸다. 무덤에서 나온 이후, 일이 줄어들었다.

여불위의 무덤 속이 궁금했던 사람들의 요청만 있을 뿐이다.

그의 명성 역시 예전만 못했고, 은퇴해야 된다는 말까지 나올 지경이었다.

여러모로 힘든 시기였다.

그렇기에 남관우는 철경의 제안을 기쁘게 받아들였다.

"그러니까, 추신검문의 보물창고를 파내어 달라는 겁니까? 최대한 빨리."

"늦어도 백 일 안에 이곳으로 가져와야 하오."

"으음."

하지만 의뢰가 까다로웠다.

땅에 묻어 있는 걸 파내는 작업은 쉽다. 하지만 무너질 수 있으니, 보완하면서 안으로 들어가야한다.

게다가 시간이 정해져 있다. 심지어 촉박한 편이다.

더 큰 문제는 옮기는 일이었다.

그렇게 많은 재물이라면, 노리는 승냥이가 많을 것이다.

'지키는 일이 더 어려운 법이지.'

가능한 조용히 진행해야 하고, 몰래 가져와야 한다.

전체적으로 봤을 때, 난이도가 높은 의뢰라 판단했다.

머릿속으로 의뢰 비용을 산정할 때, 철경이 먼저 말했다.

"만약 시간을 맞추어준다면, 총금액의 일 할을 주겠소."

"일 할이나요?"

얼마나 있는지는 모르지만, 일 할이라니?

추신검문의 소문은 익히 알고 있었다.

사실상 청해에서 제일 큰 부호란 얘기도 들었고, 그들의 제일 큰 보물 창고라면 굉장한 재물이 들어 있을 것이다.

그것의 일 할이면, 굉장히 큰돈이다.

충분히 재기할 수 있다.

'아니면 풍요로운 은퇴도 가능하겠지.'

"좋습니다. 제가 하겠습니다."

남관우는 무조건 성공하겠다고 다짐했다.

그런 열의를 보이며, 철경에게 말했다.

"다른 대원들을 설득해야 하니, 지금 바로 출발하겠습니다."

"오후에 같이 갑시다."

"대협도 같이 가시는 겁니까?"

"나는 위치만 알려주고, 바로 떠날 거요."

"알겠습니다."

철경은 따로 갈 곳이 있었다.

그는 태전문을 잠시 떠날 생각이었고, 진서를 찾으러 갔다.

따악.

"이 멍청아. 그게 아니지."

허종은 눈물이 날 정도로 아팠다. 실제로 눈물이 살짝 고이기도 했다.

하지만 아무 말도 하지 않았다.

방금 전에 투덜거렸다가 세 대 더 맞았기 때문이다.

방법이 없다. 그저 시키는 대로 할 뿐.

"이, 이렇게요?"

허종은 직립으로 서면서 오른 주먹을 정방향으로 찔렀다. 하지만 진서가 던진 돌멩이는 정확히 허종의 이마를 때렸다.

따악.

"아악."

"멍청아. 다리에 힘이 안 들어가잖아. 발꿈치도 뒤로 더 빼라고."

"제, 제가 발목을 크게 다쳐서……."

"괜찮아. 인마. 안 죽어."

"끄으응."

허종이 다시 직립으로 주먹을 뻗었다. 그리고 왼쪽 다리를 억지로 더 뺐다.

하지만 진서는 만족하지 않았다. 가만히 쳐다보더니 중얼거렸다.

"됐어. 알겠어. 이제 알겠다."

"네에?"

"너는 초식이 문제가 아니야. 기초 체력부터 다시 키우고, 마음가짐을 뜯어고쳐야겠다. 허어. 저 옆구리 살 봐라. 네가 무인이냐? 게으른 새끼야."

따악.

허종은 머리를 문지르며 대꾸했다.

"죄송합니다."

"괜찮아. 죄송할 것 없어. 앞으로 잘하면 되지."

"네."

"내가 도와줄게."

그 말에 허종은 놀라서 고개를 들었다.

"네에? 뭘요?"

"내 동생이라는 놈이 어디서 또 얻어터지면 안 되잖아. 내가 강하게 만들어줄게."

"아, 아닙니다. 누님. 그럼 누님이 너무 수고스러우시잖아요. 제가 감히 그런 걸 부탁하면 안 되죠."

허종은 필사적으로 거절했다.

태전문에 들어오자마자 연무장으로 끌고 이유가 그것 때문이냐?

잠깐 겪어봤지만, 진서의 가르침이 얼마나 혹독하지 깨달았다. 이건 사람이 할 짓이 못 된다.

무조건 피해야 한다.

"정말이라니까요. 제가 더 열심히 하겠습니다. 한 달만 지켜봐 주십시오. 혼자서 잘할 수 있습니다."

하지만, 진서는 역시 말이 통하는 상대가 아니었다.

따악.

딱. 딱. 따악.

"크으으. 아악. 악."

"이 누님이 도와준다고 하면, 네 감사합니다. 하고 받아야지. 거절을 해? 꼭 내가 두 번 말해야겠니?"

"아악. 아닙니다. 하겠습니다. 으윽. 감사합니다. 누님."

그녀가 튕기는 돌멩이는 고개가 젖혀질 정도로 강했다. 연속으로 날아왔고, 이마에는 커다란 혹이 여러 개 생겼다.

진서가 다시 물었다.

"좋지?"

"네. 네넵. 너, 너무 좋습니다."

"그럼 웃어야지."

"하하. 하. 하하하하."

허종은 다짐했다.

이렇게 된 이상 철경에게 부탁해야겠다.

제발 이 미친년을 어디론가 데려가달라고.

하지만 그것마저 물거품이 되었다.

마침 철경이 연무장으로 들어왔고, 진서에게 다가갔다. 그는 허종을 한 번 보더니, 진서에게 말했다.

“잘하는군. 내 제자들도 부탁해도 될까?”

“부탁하다니? 뭘? 제자들을?”

“가야 할 곳이 있다. 얼마나 걸릴지 모르지만, 백 일 안에는 돌아올 거야.”

“아아, 그러니까 네가 없는 동안, 저놈을 가르치듯, 너의 제자들도 가르쳐 달라?”

“맞아.”

진서가 물었다.

“넌 어디로 가는데?”

“돈 구하러.”

진서는 잠깐 생각하더니, 고개를 끄덕였다.

“좋아. 너 따라가는 것보다 애들하고 노는 게 재미있겠다.”

“고맙다.”

“하지만 나는 살수를 양성하는 방법밖에 몰라. 상당히 혹독하지. 그래도 괜찮아?”

“죽이지만 마라.”

진서는 히죽 웃었다.

반면 허종은 울상을 지었다. 그리고 철경의 제자들에게

도 명복을 빌어주었다.

다음에 철경이 찾아간 사람은 산호 도장이었다.

"백 일만 도와주시오."

그리고 사정을 설명했다.

사실 철경도 걱정하고 있었다.

추신검문의 재물을 파내는 작업은 가능한 조용히 처리해야 한다.

하지만 시간이 부족하고, 여기까지 꽤 먼 거리를 가지고 와야한다.

언제든지 소문이 퍼질 수 있고, 분명 노리는 사람들 있을 것이다.

그럼 혈랑대의 무력으로는 막기 힘들었다.

그래서 고수의 도움이 필요했고, 그걸 산호도장에게 부탁하려 했다.

산호는 흔쾌히 승낙했다.

"알겠습니다. 저도 철경 대협의 도움도 받았고, 밥값은 해야 하니까요."

그러면서 떠날 준비를 했다.

마지막으로 경아인을 찾아갔다.

"의뢰할 것이 있소."

"말씀하십시오."

"반건위에 대해 조사해 주시오."

"아, 반건위와 내기를 하신다고 하셨죠? 그럼 그 사람도 지금 땅을 팔거나 돈을 모으고 있겠군요. 알겠습니다. 지금 어디서 무얼 하는지, 어떻게 하려는지, 최대한 자세히 알아보겠습니다."

경아인이 눈치 빠르게 대답했다.

그런데 잠깐 생각하더니, 조심스럽게 물었다.

"아, 그리고 이번 건은 저 혼자 힘으로는 힘들 것 같습니다. 무영문의 힘을 이용해야 하는데, 정식으로 의뢰하시는 걸로 처리하겠습니다. 그래야 현 청해 지부장님 모르게 처리할 수 있어서요."

"그러시오. 비용은 얼마가 나오든지 지불하겠소."

"알겠습니다."

그런데 그가 떠나기 전에 철경은 다시 붙잡았다.

"한 가지가 더 있는데, 천사황 염마장에 대해서도 조사해 주시오. 지금 어디 있는지, 무얼 하는지?"

경아인은 놀라서 다시 물었다.

"삼황 중 하나인 천사황요? 그 염마장 맞습니까?"

"그렇소."

"삼황은 특급으로 처리되거든요. 그래서 지부장이 아니라, 본사에도 관심을 가질 수 있습니다."

"상관없소."

"알겠습니다. 노력해 보겠습니다."

그날 오후, 철경과 산호 도장, 남관우는 태전문을 떠났다.

그리고 동시에 진서의 지옥 훈련도 시작되었다.

“인간이란 말이지. 한계가 없어. 마음만 먹으면 무슨 짓이든 할 수 있지. 그런데 그 한계를 만드는 사람이 바로 본인이거든. 힘들어서 그만두고, 겁을 먹고 선을 그어버리지. 그러니까 뭐다? 생각을 하지 마라. 그냥 해버려. 겁먹고, 힘들다는 생각 자체를 하지 말고. 그냥 하는 거야. 알겠지?”

진서는 천천히 걸으면서 중얼거렸다.

그러다 자세가 무너지는 이가 있으면 보지도 않고 돌을 튕겼다.

휘익.

따악.

“아악.”

“꺄악.”

콩알만한 돌인데, 맞으면 뼈가 시릴 정도로 아팠다.

그런데도 피부가 상하거나, 멍이 들지 않은 것이 신기했다.

지금 태천화와 태천부, 제갈민과 허종은 마보 자세를 유지하고 있었다.

벌써 반나절이 넘었지만, 진서는 계속 마보를 시켰다.

참고 참다가 쓰러지면, 진서가 추궁과혈로 다리를 풀어 준다.

그리고 다시 마보 자세를 돌아갔다.

쉬는 시간도 없고, 봐주는 것도 없었다.

철경의 훈련이 그리울 정도로 진서는 정신없이 몰아붙였다.

태천화는 물론 제갈미도 힘들어서 몇 번이고 울었고, 태천부는 혼절까지 했다.

그때 한쪽에 쓰러져 있던 원주가 벌떡 일어났다. 기절했다가 방금 눈을 뜬 것이다.

그는 일어나자마자 두리번거렸고, 진서에게 성큼성큼 걸어갔다.

진서도 그를 보고 환히 웃었다.

"하하. 벌써 깨어난 거야? 너 정말 튼튼하구나?"

그러면서 장난처럼 손을 흔들었다.

퍼퍼퍼퍽.

퍼억.

순식간에 수십 대를 때렸다.

하나하나 바위가 부서질 정도로 강한 공격이다.

"우어어어."

원주는 그런 걸 정신없이 맞으면서도 주먹을 뻗었다.

한 대라도 때리기 위해서였다.

하지만 진서의 옷자락도 스치지 못했다. 아니, 근처도 가지 못했다.

퍼퍼벅. 퍼억.

오히려 더 맞았다.

"호호호. 맷집도 좋아서 때리는 맛도 있어."

진서는 더 세게, 더 많이 때렸다. 그래도 원주는 물러나지 않았다.

끝까지 달려들었고, 일각이 넘어가자 진서는 점점 지루해했다.

그때는 신심으로 상대했다.

콰아앙.

단 일격에 원주는 기절했다.

"야. 한숨 자고 다시 시작하자. 야아. 거기 동생. 다리 접고 더 숙여라. 좋은 말 할 때."

"끄으응. 네에에."

맨 마지막 줄에 있는 허종도 우는 소릴 하면서 무릎을 굽혔다.

철경 일행은 청해의 감덕으로 향했다.

먼저 몇 달 전에 빌린 집으로 가서, 바닥에 숨겨놓은 재물을 찾았다.

대략 십만 냥이 넘는 금액이었다.

철경은 그걸 전부 남관우에게 주었다. 그 후, 만무당이 있는 산으로 안내했다.

변한 것은 없었다.

동굴 입구는 여전히 바위로 막혀 있었다.

철경은 남관우에게 말했다.

"그럼 잘 부탁하오."

"걱정 마십시오."

철경은 곧바로 떠났다. 무슨 급한 일이 있는지, 뒤도 돌아보지 않고, 사라졌다.

남관우는 완전히 매몰되어 있는 동굴을 보면서 전의를 불태웠다.

"좋아. 시작해 보자."

옆에 있는 곽우영은 옅은 한숨을 쉬었다.

"휴우. 이걸 삼 개월 안에 파내야 한다고요? 쉽지 않겠는데요."

"옮기는 시간도 필요하니까, 석 달이 아니라 두 달 안에

해야 돼.”

“갈수록 태산이네요.”

남관우는 곽우영의 어깨를 치며 위로했다.

“계획대로 해. 충분히 할 수 있어.”

“알겠습니다. 그럼 갔다 오세요. 저는 천막을 치고, 준비를 하겠습니다.”

“그래. 최대한 빨리 갔다올 테니까. 힘 좀 쓰고 있어.”

“네. 제 걱정 마시고, 저 녀석 좀 챙기세요.”

곽우영은 멍하게 서 있는 진운태를 가리켰다.

한때 폭혈검이라 불리던 진운태였다.

성향이 폭발적이고, 무척 시끄러운 성격이었는데, 지금은 말없이 바닥만 쳐다보고 있었다.

여불위의 무넘에서 오른팔을 잃어버렸기 때문이다. 그때부터 우울해하면서 말도 하지 않았다.

더구나 이번 일은 동굴에서 돌을 캐고 나르는 일이 전부였다.

남은 한 팔로는 하지 못하는 일이었고, 그래서 남관우와 같이 움직일 계획이었다.

곽우영은 진운태를 좋아하진 않지만, 걱정되서 바라보았다.

남관우도 일부러 진운태를 더 챙겼다.

“힘내자. 이 일만 잘 끝내면, 좋은 날이 있을 거야.”

"네에."

그들은 먼저 주변에 있는 광산으로 향했다.

거기서 광부들을 최대한 많이 데려올 생각이다.

기본적으로 이번 일은 땅을 파고, 아래로 내려가야 한다. 그리고 안에 있는 물건을 꺼내야 한다.

파는 것도 중요하지만, 무너지지 않게 받치는 것이 더 중요했다.

이 부분은 기술이 필요했고, 전문가다운 지식도 있어야 한다.

그걸 가장 잘하는 사람이 광부였다.

벌써 근처에 광산이 어디 있는지는 파악해 두었다.

하나하나 방문하여, 광부를 최대한 많이 모집할 생각이었다. 돈을 많이 준다면, 이 개월 정도는 고용할 수 있을 것이다.

물론 조금 시끄러울 수 있지만, 빨리 움직이면 된다.

"가자."

남관우는 진운태에게 말했고, 두 사람은 여기서 반나절 거리에 있는 광산으로 향했다.

"자자. 우리도 시작하자."

곽우영도 혈랑대 낭인들을 독려했다.

천막을 치고, 주변을 정리했다.

그리고 본인이 먼저 수레를 끌고, 무너진 동굴로 갔다.

수레에 돌을 가득 싣고, 수레를 끌고 나왔다. 다른 낭인들도 그녀를 따라 움직였다.

모두 여불위의 무덤에서 살아남은 사람들이다. 숫자는 얼마 안 되지만, 끈끈하고 정이 있었다.

이번 의뢰가 기회라는 걸 모두 알고 있었다. 그래서 열심히 움직였다.

산호 역시 마찬가지였다.

옷이 더러워지는 걸 신경 쓰지 않고 묵묵히 일했다.

곽우영이 그에게 다가왔다.

"도장님. 천천히 좀 하세요. 이런 걸 두 달 동안 계속 해야 합니다."

"하하. 제 걱정은 마십시오. 육체 단련한다고 생각하니, 오히려 뿌듯합니다."

"야아. 모두 들었지? 우린 지금 일을 하는 게 아니다. 다 같이 육체 단련하는 거야."

"네엡."

"그러잖아도 이두박근이 부족하다고 생각했었습니다."

"나도 요새 옆구리 살이 쪄서 걱정했었지."

"푸하하. 그럼 모두 수련을 해보자구."

모두 힘을 내며, 웃으며 움직였다.

철경은 지금 주공산 산린봉의 꼭대기로 가고 있었다.

이유가 있었다.

여불위가 남긴 서신에 언급되어 있었다.

자신의 부탁을 들어주면, 자신의 재산을 준다고.

추신검문 만무당 속의 돈은 모르지만, 여불위의 것이라면 천만 냥쯤은 되지 않을까?

그걸 생각해서 반건위와 내기를 했던 거였고, 지금 찾으러 가고 있었다.

'만약 아니라면, 최후의 방법을 사용해야지.'

철경은 여러 가지 방안을 생각하며, 남쪽으로 향했다.

주공산은 청해의 남쪽 끝에 있었다.

나흘 동안 계속 달렸고, 단숨에 꼭대기까지 올라갔다.

오(午)시쯤이다.

주공산에 꼭대기에 도착했지만, 아무도 없었다.

혹시 어떤 단서라도 있을까 싶어 주위를 둘러보았다.

바위 밑도 보고, 땅의 색이 이상한 곳은 파기도 했다.

하지만 무엇도 발견되지 않았다.

"허억. 헉. 무얼 그리 찾는 게요?"

헐떡이는 목소리가 들렸다.

노인 한 명이 정상으로 올라오고 있었다.

수염과 머리가 하얗고, 자글자글한 주름이 가득 있는 노인이었다.

숨이 턱까지 차고, 땀을 흘리는 모양새가 무공은 모르는 것 같았다.

그래도 여기서 만난 첫 번째 사람이다.

철경은 혹시나 싶어서 물었다.

"여불위의 서신을 보고 찾아왔습니다."

"누구요?"

"여불위."

조금 더 크게 말했다.

혹여나 반응이 있을까 싶어, 자세히 보려 했다. 금륜안까지 사용하려 했는데, 그럴 필요가 없었다.

노인은 그 자리에서 바로 엎드렸다.

"은인을 뵙습니다."

그는 한동안 일어나지 않았다.

철경을 말렸지만, 소용없었다.

꼼짝하지 않았다.

'그래도 다행이구나.'

제대로 찾아왔다는 뜻이니까.

한참 뒤에 노인이 일어섰다.

"허허허. 못난 모습을 보여 송구스럽습니다. 은인님."

"아닙니다."

"아, 저희 마을로 가시죠. 곧 점심때인데, 식사라도 대접해 드리겠습니다."

"괜찮습니다."

"아닙니다. 비싼 건 없지만, 그래도 닭도 잡고 정성스레 준비하겠습니다. 꼭 같이 가 주십시오."

노인은 애원하다시피 부탁했다.

철경은 빨리 사정을 듣고 돌아가고 싶었으나, 결국 노인의 말대로 따라갔다.

노인이 사는 곳은 산 중턱에 있는 작은 마을이었다.

전체 인구가 백 명도 되지 않았고, 사냥이나 풀뿌리로 연명한다고 했다.

그런데도 정성을 다해 음식을 준비했다.

마을에 닭이 다섯 마리밖에 없는데, 그중 두 마리를 잡았다. 그리고 오십 년 묵었다는 산삼주까지 꺼내왔다.

"차린 건 없지만, 부디 많이 드십시오. 은인님."

"저를 왜 은인이라 부르는 겁니까?"

"저희 마을의 숙원을 풀어주셨으니까요."

노인은 눈물을 흘리면서, 사정을 설명했다.

이 마을은 작지만, 천 년 동안 존재했었다.

오직 한 가지를 위해서였다.

매일매일 꼭대기로 올라가서 사람이 있는지 없는지 확인하는 것.

그리고 사람이 있으면, 그에게 여불위에 관해 물어보고, 아는 것을 대답해 주면 된다.

비가 오고, 눈이 와도 그것만은 꼭 해야 한다.

그것이 마을의 존재 이유였다.

노인은 이 마을의 촌장이었고, 매일 숙제를 하듯 산을 올라갔다고 한다.

"허허허. 이제 은인께서 나타나셨으니, 더 이상 산을 올라가지 않아도 됩니다. 더는 내 아이들에게 이런 짐을 넘겨주지 않아도 되고, 큰 마을로 내려가도 됩니다. 저는 그 점이 가장 좋습니다."

촌장은 진심으로 기뻐했다.

누군가는 어리석다 할 수도 있지만, 천 년 동안 같은 일을 했다는 건 정말 대단했다.

철경도 그 점을 인정했다.

"이제, 어떡하면 됩니까?"

"저는 마지막 일을 할 겁니다. 앞으로 반년 동안 봉화를 피워야 합니다."

"봉화요?"

"네. 밥을 먹고, 저와 같이 가시지요."

철경은 사람들의 정성을 생각해서 깨끗하게 먹었다.

그렇게 식사를 끝내고, 촌장은 젊은 사내들을 모아서 다시 산을 탔다.

다른 봉우리였고, 돌로 만든 봉화대가 하나 있었다.

"흐음. 너무 오래되어서 불이 붙을지 모르겠군요."

촌장은 걱정스러워하면서 먼지를 닦아냈다. 그사이 사내들은 청소를 하고, 나뭇가지를 모으고 불을 피웠다.

하얀 연기가 피어올랐다.

철경이 물었다.

"이제 어찌 되는 겁니까?"

"모르겠습니다."

촌장은 연기를 보면서 말했다.

"마을의 규칙에 따르면, 여불위 님을 아는 은인이 찾아오면 봉화를 반년간 피워야 합니다. 그럼 답이 온다고 들었습니다."

"흐음."

"은인은 여기서 반년만 기다려 주시면 됩니다. 그럼 상상도 못 할 큰 부가 생길 겁니다."

반년이라.

봉화란 멀리 있는 곳에 무언가를 알리기 위해 장치였다.

멀리 있는 누군가에게 이 사실을 알리고, 그에게 답을 얻기 위한 시간.

그것이 반년 일 것이다.

하지만 철경은 시간이 부족했다. 백 일 안에 돌아가야만 한다.

그는 금륜안을 이용해서 아주 먼 곳까지 둘러보았다.

아마도 누군가는 이 봉화를 보고, 어떤 행동을 취할 것이다.

그것을 찾는다면, 철경이 직접 그 에게 갈 수 있었다.

'그럼 시간을 절약할 수 있지.'

하지만 반 시진이 지났지만, 아무 일도 일어나지 않았다.

혹시 몰라 철경은 다시 꼭대기까지 올라갔다. 그리고 계속 주변을 둘러보았다.

아무것도 없었다.

철경은 포기하지 않고, 계속 살폈다.

그렇게 한 시진이 지날 무렵, 무언가를 발견했다.

봉화였다.

서쪽에 있는 큰 산꼭대기에서 연기가 피어오르고 있었다.

누군가 다른 봉화를 피운 것이다.

그 산은 지금 손톱보다 작은 크기로 보였다. 그만큼 멀리 있다는 뜻이다.

'그래도 갈 수밖에.'

아마 이런 식으로 봉화로 계속 이어질 테고, 결국 최종 결정권자에 도착할 것이다.

거기까지만 가면 된다.

그럼 시간을 아낄 수 있다.

철경은 촌장에게 돌아가서 간단히 인사했다. 그리고 서

쪽으로, 서쪽으로 달렸다.

목적지는 또 다른 봉화가 피어오르는 산이었다.

다시 나흘이 흘렀다.

철경은 그동안 세 개의 봉화를 더 찾았고, 총 천 리를 달렸다.

자는 시간까지 줄여가며 달린 결과였다.

하지만 그 후가 문제였다.

더 이상 봉화가 올라오지 않았다.

사흘이 흘렀다.

참다못한 철경은 네 번째 봉화를 올린 사람을 찾았다. 역시 작은 마을의 촌장이었다.

그도 하나만 알고 있었다.

다른 곳에서 봉화가 오르는 걸 보면, 새로운 봉화를 피워야한다.

오직 그 규칙만 따르고 있었다.

어쩔 수 없이 계속 기다렸다.

기나긴 칠 일째 아침, 철경은 고민에 빠졌다.

'여기서 그만할까?'

벌써 천 년이나 흘렀다.

여기까지 온 것도 대단하다 할 수 있었다.

다음 봉화자는 모든 걸 포기하고 떠나버렸을 수도 있다. 산사태가 일어나서 죽었을 수도 있고, 산짐승에게 잡아먹

힐 수도 있었다.

여기서 포기하고 다른 방법을 찾을지, 아니면 그래도 조금 더 기다려 볼지 결정을 내려야 할 때였다.

'아무래도 가야겠지?'

가만히 앉아서 행운을 바라는 건, 철경의 성격에 맞지 않다.

다른 방법을 찾아보기로 결심하며 일어섰다.

바로 그때 철경은 자신도 모르게 미소를 지었다.

마침내 다섯 번째 봉화가 피어난 것이다.

다섯 번째 봉화 역시 서쪽에서 피어났다.

철경은 전력을 다해 달려갔다.

그렇게 다시 다섯 개의 봉화를 거쳤고, 사십일을 넘게 달렸다.

철경은 청해를 넘어 서장(西藏)까지 넘어갔다.

서장은 대부분 고산지대로 이루어져 있다.

하지만 자세히 보면, 깊은 계곡과 강이 있으며, 평지, 찬란한 빙하와 봉우리 등 다양한 풍경이 숨어 있었다.

철경은 그곳에서 다음 봉화를 기다리고 있었다.

하지만 사흘을 기다렸지만, 더 이상 봉화는 나타나지 않았다.

대신 한 사람이 나타났다.

그는 무공을 익혔고, 봉화를 확인하러 온 듯 보였다.

철경을 보자, 경계심을 보였다.

하지만 철경의 사정을 듣자, 크게 놀라서 물었다.

"청해의 주공산에서 여기까지 왔다는 겁니까? 봉화를 따라서?"

"그렇소."

그는 철경을 의심스러운 눈빛으로 쳐다봤다.

철경은 가만히 있었고, 결국 그를 따라서 안다(安多)라는 마을로 향했다.

제법 큰 마을인데, 이곳 역시 여불위 때문에 만들어졌다고 한다.

남자는 '여의장'이란 명패가 걸려있는 집으로 안내했다.

"장주님. 손님을 모시고 왔습니다."

철경은 밖에서 잠시 기다렸고, 곧 부리부리한 눈매를 가진 중년인이 나타났다.

"어서 오시오. 듣자 하니, 그쪽이 여불위 님의 부탁을 들어준 장본인이라고 주장하셨다던데?"

"그렇소."

"그럼 자세한 내용을 들어보고……. 엇. 설마 그것, 여의보천이오?"

그는 철경이 끼고 있는 팔찌를 보더니, 깜짝 놀라 물었다.

그러더니 철경의 대답을 듣지도 않고, 집 안으로 들어갔다.

다시 나올 때는 오래되어 보이는 족자를 들고 있었다.

그것을 펼치자, 그림이 보였다.

철경이 끼고 있는 팔찌와 완전히 똑같았다.

장주는 그림과 철경의 여의보천을 번갈아 보더니, 정중히 허리를 숙였다.

그리고 말을 높였다.

"여의지주님을 알아보지 못하고, 무례를 범했습니다. 죄송합니다. 소인은 여소한이라고 합니다."

그러면서 공손하게 물었다.

"여의보천을 확인했으나, 그래도 여쭤도 되겠습니까? 보물은 어떻게 얻으셨는지요? 그리고 안에서 무슨 일이 있었는지 가능한 자세한 설명, 부탁드리겠습니다."

"여기서?"

"아, 제가 결례를 범했군요. 이쪽으로 오시죠."

여소한은 철경을 데리고, 제일 깊숙한 방으로 안내했다.

아무도 없는 곳에서 다시 물었다.

철경은 간단히 대답했다.

"내가 먼저 답을 들은 후에 알려주겠소."

"아, 그건…… 제가 확실히 확인한 후에 모든 걸 알려드릴 수 있습니다."

"나 역시 마찬가지요. 나도 확인을 해야 알려줄 수 있소."

철경도 물러서지 않았다.

여소한은 한참을 바라보더니, 한 발 물러섰다.

"알겠습니다. 여의보천을 봤으니, 제가 양보해야지요. 무엇이든 물어보십시오. 제가 아는 한 최대한 자세히 알려드리겠습니다."

"가장 궁금한 것부터 물어보겠소."

"네."

"돈을 얼마나 받을 수 있소?"

"돈이라고요?"

여소한은 멍하니 쳐다보다가, 손뼉을 쳤다.

짜악.

"아아, 돈. 상금을 뜻하는 것 같군요. 큰일을 하셨으니, 당연히 대가를 드려야죠."

"……."

"다만 그전에, 아무래도 저희 가문의 사정부터 설명 드려야 할 것 같습니다. 그 부분이 조금 복잡하거든요."

마침 하녀가 차를 들고 들어왔다.

하녀가 나간 뒤, 여소한은 차를 따라주며 말했다.

"짐작하셨겠지만, 저는 여씨 가문의 후손입니다. 그런데 안타깝게도 여불위 조상님처럼 돈을 많이 가지고 있진 않습니다."

"무덤 안에서 들은 내용과는 다르군요."

"천 년도 넘는 세월이 지났으니까요."

그는 차를 한 모금 마신 뒤, 설명했다.

"저희 여씨 가문은 대대로 재산을 불리는 데 노력했습니다. 직접 사업을 하기도 하고, 간접적으로 많은 곳에 투자도 했죠. 그러다 보니 규모는 상상도 못 할 정도로 커졌고, 전국으로 흩어졌습니다. 그 상태로 세월이 너무 흐르다 보니, 여씨 가문끼리 왕래가 끊어졌습니다. 한마디로 더 이상 같은 곳을 바라보지 않게 되었지요."

같은 성씨를 가졌지만, 이제는 남남이 되었다는 의미였다.

아니, 어떤 면에서는 남보다 못할 때도 있다고 한다.

여소한이 물었다.

"그러니까 돈이 필요하신 거군요."

"그런 셈이오."

"얼마나 필요하신 겁니까?"

"천만 냥."

"호오. 제법 큰돈이군요."

의외로 여소한은 놀라지 않았다. 천만 냥이란 숫자를 듣고, 놀라지 않는 사람은 그가 처음이었다.

그는 잠깐 생각하더니, 해결책을 제시했다.

"방법은 있습니다."

"듣고 있소."

"다만 그걸 알려드리기 위해서는 저도 확신이 필요합니다. 그곳에서 무슨 일이 있었는지 알려주십시오."

그러자 철경은 여불위의 서신에서 본 내용만 알려주었다.

짧은 설명에 여소한이 미소를 지었다.

"정말 신중하신 분이군요."

"그쪽도 마찬가지요."

아직은 서로를 믿지 못한 탓이다.

여소한은 그 방법을 알려주었다.

"가칙에 따르면, 여의보천을 지닌 여의지주가 나타나면 본인이 가진 재산의 삼 할을 내놓아야 합니다. 여 씨라는 성을 가진, 여불위 조상님의 자손이라면, 무조건으로 행해야 하는 일이죠. 심지어 분가할 때도 맹세를 했습니다."

"그럼, 그 여씨 세가의 자손들을 찾아가서 이 팔찌를 보여주면 돈을 준단 말이오?"

"규칙은 그렇지요."

말속에 숨은 뜻이 있었다.

규칙은 그렇지만, 과연 그들이 규칙을 따라줄까?

분명 아닌 사람이 더 많을 것이다. 어쩌면 전부 아닐 수도 있다.

'뜬금없이 자신이 가진 것의 삼 할을 내놓으라면, 나부터 화가 날 것 같으니.'

"그나마 우리 여씨 세가의 사업장이면 괜찮죠. 하지만 합작으로 만든 곳이거나, 투자만 하고 주인이 다르다면 더욱 곤란하겠죠."

그때 철경을 안내했던 사람이 들어왔다. 그는 여소한에게 서신을 주었고, 여소한은 그것을 꼼꼼히 읽었다.

그 후에 입을 열었다.

"정말이군요. 파사찰에 있는 토파산이 무너졌어요. 제가 한동안 그쪽 소식을 듣지 못해서 모르고 있었습니다. 제 불찰입니다."

그는 서신을 내려놓으며 철경에게 물었다.

"조금 더 조사해 봐야겠지만, 저는 여의지주님이 필요한 걸 드릴 의향이 있습니다. 다만 천만 냥까지는 안 되고, 이백오십만 냥쯤 되겠군요."

사실 그것도 큰돈이었다.

몇 대를 걸쳐 놀고먹을 수도 있었다.

하지만 내기에 이기기는 턱없이 부족했다.

철경이 물었다.

"여씨 세가에서 분가한 곳에서 가장 재산이 많은 곳이 어디오?"

여소한은 고개를 저었다.

"그곳은 가지 마십시오. 진심으로 말리고 싶습니다."

"이유는?"

"굉장히 폐쇄적이고, 무서운 곳이기 때문입니다. 차라리 작아도 저처럼 우호적인 곳부터 시작하시죠. 제가 안내해 드리겠습니다."

"나는 시간이 없소."

"으음."

여소한은 고민했다.

"알겠습니다. 연락은 해보겠습니다. 하지만 그들이 만남을 거절할 수도 있습니다. 직접 찾아가실 경우, 목숨이 위태로울 수도 있습니다."

과연 그곳이 어딜까?

여소한은 곧장 궁금증을 풀어주었다.

"그곳이 어디요?""

"일월신교입니다."

"마교?"

"아, 그렇죠. 중원인들은 마교라 부르고 있죠. 네. 바로 그곳입니다."

마교(魔教).

천마신교. 일월신교 등 다양하게 불리는 천하에서 가장 강대한 문파.

천하제일세가라 불리는 모용세가조차, 마교에는 한참 부족하다고 평가된다.

단일세력으로 최강이었고, 오백 년 전에 중원을 침공했

을 땐 중원이 휘청거리기도 했다.

다만 최근 백 년 동안은 너무나 조용했다. 있는지 없는지 모를 정도로 침묵을 지키고 있었다.

그곳이라면, 천만 냥이 아니라 더한 돈도 융통할 수 있을 것이다.

하지만 그들의 성향을 생각해 보면, 천 년 전의 약속을 지키지 않을 가능성이 높았다.

'그리고 마교의 주인은 여씨 세가의 후손이 아니라, 천마라 불리는 절대자지.'

철경 역시 마교의 인물을 만난 적은 없었다.

그들은 신강 제일 끝에 위치한 천산 산맥 속에 있으며, 백년동안 단 한 번도 나오지 않았다.

철경은 스스로를 다독였다.

일단은 하나씩 처리하자.

"그럼 마교를 포함해서 연락이 가능한 모든 곳에 연락해 주시오. 그리고 가깝고 우호적인 곳부터 방문해서 설득하겠소."

"잘 생각하셨습니다."

여소한은 철경의 결정을 반겼다.

"그럼 잠시만 기다려 주십시오. 그들에게 연락하고 결과를 알려드리겠습니다."

그 다음 날부터 답장이 왔다.

예상대로 대부분 거절한다는 내용이 담겨 있었다.

간혹 삼 할이 아니라 일 할만 주겠다는 답장도 있었고, 오십만 냥, 백만 냥 등 금액을 정한 곳도 있었다.

답장이 없는 곳도 있었다.

"총 스물네 곳으로 보냈는데, 열 곳이 거절, 네 곳은 돈을 조금이나마 주겠다고 합니다. 다른 아홉 곳은 답장도 없군요."

하나씩 방문하고 싶지만, 시간이 많지 않았다.

백 일 중 반이 지났고, 돌아갈 시간까지 계산해야 했다.

"아, 참, 그리고 생각지도 못한 답장도 하나 있습니다. 이건 예상을 못 했는데요."

그는 전서구를 한 장 내밀었다.

맨 위에는 직인이 찍혀 있는데, 철경도 살짝 놀랐다.

그곳에는 마교라 적혀 있었다.

그 마교에서 답장이 온 것이다.

만나자는 내용이었다.

철경과 여소한은 신강의 국경 근처로 같이 갔다.

산 중턱에 큰 객잔이 하나 있었는데, 여소한이 보면서

설명했다.

"이 근방에서 유명한 곳입니다. 국경을 넘기 위해 많은 사람들이 이용하는 객잔이죠."

평소에는 못해도 백 명이 넘게 지난다고 한다. 그런데 오늘은 달랐다.

이상할 만큼 조용했다. 마치 망한 곳처럼 개 한 마리도 보이지 않았다.

근처로 다가가자, 이유를 알 수 있었다.

마기였다.

소름이 돋을 정도로 지독한 마기가 객잔 전체에서 뿜어져 나왔다.

특히 입구에 서 있는 두 사람부터 문제였다.

검은 피풍의를 걸쳤는데, 보기만 해도 숨이 막힐 정도였다.

"흐음. 흠. 저는 더 이상 못 들어갈 것 같은데요."

여소한의 무공 실력으로 버티지 못했다. 그가 괴로워하자, 철경이 내력을 끌어올렸다.

화아아악.

쏟아지는 마기를 막아내며 여소한에게 물었다.

"괜찮소?"

"휴우. 이제 살 것 같군요."

"물러서시오. 혼자 가겠소."

철경은 혼자 객잔으로 다가갔다.

쿠쿠쿠.

가까이 다가갈수록 마기와 부딪쳤다. 뭔가 터지는 소리가 나면서 압력이 가중되었다.

심지어 객잔의 입구가 부서지기 시작했다.

콰직.

쿠웅. 쿵.

정면에 서 있던 두 명이 뒤로 한 발짝씩 물러났다.

그러자 똑같은 피풍의를 걸친 마교도들이 우르르 쏟아져 나왔다.

서른 명이 넘었다.

하지만 철경은 무시하고 계속 밀고 들어가려 했다.

그때 안에서 목소리가 들렸다.

"크크큭. 제법인데."

"그래용. 오랜만에 짜릿합니다용."

"이러다 객잔 부서지겠다."

"오호호. 어때요? 다시 지어주면 되지."

나직한 목소리가 상황을 정리했다.

"나가지."

동시에 그들이 객잔에서 나왔다.

철경도 걸음을 멈추었다.

다섯 명이 걸어 나오는데, 전부 철경 이상의 내공을 지니고 있었다.

'과연 마교로군.'

금륜안까지 사용해서 마음먹고 싸우더라도, 이기는 것은 쉽지 않아 보였다.

객잔 안에서 나온 사람들은 노인 두 명과 젊은 여자 한 명, 젊은 남자 두 명이었다.

그중에서도 선두에 있는 남자가 압도적으로 눈에 띄었다.

그는 철경과 비슷한 연배로 보였다. 그리고 나른해 보이는 눈동자가 인상적이었다.

그 역시 철경을 보더니, 이채를 띠며 물었다.

"굉장히 크군. 키가 얼마나 되지?"

"너보다는 크지."

마교도들의 기세가 더 강해졌다. 금방이라도 죽일 듯 노려보았다. 살기까지 섞여 있었다.

"건방진 놈아. 이분은 일월신교의 소교주시다. 말을 가려 해라."

코가 빨간 노인이 싸늘하게 말했다.

4장

철경은 노인을 쳐다보지도 않았다.

"나는 그쪽 교도가 아니야."

"이놈이 그래도……."

노인은 등에 메고 있는 검을 뽑으려 했다. 하지만 소교주가 말렸다.

"크큭. 그만해. 저 사람 말이 맞잖아. 우리 교도 아닌데, 예를 갖출 필요는 없지."

그러면서 한 걸음 앞으로 나섰다.

"맞는 말이긴 한데, 상황을 보고 말을 해야지. 내가 그쪽을 죽이려면 어쩌려고 그래?"

철경도 물러서지 않았다.

한 발짝 앞으로 나섰다.

"할 수 있으면 해보든가."

"호오. 자신 있나?"

"난 주로 자신 있는 말만 하지."

"헛소리 하는 사람은 좋아하지 않은데."

"그럼 뭘 기다리지?"

두 사람은 동시에 움직였다.

철경은 생어토결을 중심으로 용천난무를 펼쳤다.

특별히 대단한 무공은 아니지만, 안정적이고 단단했다. 처음 만난 상대를 평가하는 데 좋았다.

콰앙. 쾅. 쾅.

소교주의 무공은 나른해 보이는 인상과는 달랐다.

외모도 곱상하고 말라보였는데, 막상 무공을 펼치자 야수를 보는 것 같다.

검은 마공을 뿜어내며, 파도처럼 몰아쳤다. 마치 철경을 집어삼킬 듯, 짐승처럼 포효했다.

콰캉. 쾅.

퍼퍼퍽.

마치 사나운 맹수를 눈앞에서 만난 느낌이다.

그는 한 대를 맞으면 두 대를 때렸고, 두 대를 맞으면 발로 걷어찼다.

투로 역시 거칠고 원색적이다.

철경의 주먹을 피해 팔을 잡고 몸을 비틀었다. 허리를 굽히며 무릎으로 철경의 머리를 차올렸다.

콰아앙.

철경이 세차게 맞는 것처럼 보였다.

하지만 오른팔을 들어서 막아냈다.

"생각보다 날쌔군."

소교주는 뒤로 살짝 물러서면서 중얼거렸다.

"그런데 큰소리친 것 치고는 별 볼 일 없는데? 검이라도 들게 해줄까?"

얕보는 말투였다.

철경 역시 소매를 툭툭 털면서 물었다.

"벌써 끝인가? 심심한 편이군."

그 말에 소교주는 기분이 나쁜 듯, 양손을 살짝 흔들었다.

화르르르.

검은 마기가 섞인 불길이 일었다. 양손에 격렬히 타오르며, 그대로 철경에게 달려들었다.

"죽여주지."

그런데 이번에는 철경도 당하고 있진 않았다.

이번에는 생어토결에 천뇌전공을 섞어서, 그의 반격이 시작되었다.

분명 같은 초식을 사용하는데, 두 배 이상 빨라졌다.

쿠웅. 쿵.

콰직.

좀 전에 철경은 태산같이 굳건했다. 하지만 지금은 소교주 이상으로 흉폭하게 몰아붙였다.

더 빠르고, 더 강하게 폭주했다.

갑작스러운 변화에 소교주는 적응하지 못하는 듯 보였다.

일순간 정신없이 밀려났다.

그때 소교주의 몸이 검게 변했다.

"천마강림."

삼황 중 하나인 천마인황의 진산절기였다.

소교주라더니, 무공 역시 이어받았나?

그런데 피부의 질감이 달라졌다.

단단하고 딱딱해보였다.

게다가 무공까지 변했는지, 움직임을 종잡을 수 없었다.

쾅쾅 쾅.

이젠 철경과 비슷하다.

서로의 주먹이 부딪치는데 벼락이 터지는 소리가 들렸고, 반경 십여 장이 흔들거렸다.

그때 철경의 눈동자 역시 변했다.

금륜안을 꺼내 든 것이다.

소교주의 몸속에 흐르는 기가 보였고, 어떻게 체질을 변화시키는지 파악하려 애썼다.

파파파팟.

휘이익.

그때 이상한 일이 벌어졌다.

몇 번 세차게 부딪치더니, 소교주의 신형이 별안간 뒤로 물러났다.

그는 천마강림조차 풀었고, 더 이상 싸울 의지가 없어 보였다.

대신 그의 눈빛은 더할 나위 없이 날카로워졌다.

그가 물었다.

"너어, 진천문의 제자인가?"

철경은 의아하게 바라보았다.

진천문을 안다고?

무림에 출두한 이후, 처음 있는 일이었다. 그것도 마교에서 알 줄이야.

그러면서 대꾸했다.

"난 진천문의 문주다."

"그렇군. 당대 진천문주는 금륜안을 지녔단 말이지?"

금륜안까지 안다?

철경의 표정이 싸늘하게 변했다.

"생각보다 많이 알고 있군."

"그럴 수밖에. 우리 신교의 교주들은 천년이 넘는 역사 속에서 딱 두 번 패배했다. 그중 하나가 진천문의 문주거든."

어찌 보면 굉장히 부끄러운 역사일 수도 있다.

그런데 소교주는 당당히 그 사실을 밝혔고, 그 모습이 나쁘게 보이진 않았다.

"흥. 우린 정파의 위선자처럼 과거를 부끄러워하거나 숨기지 않아. 부족한 점은 인정하고 보완하면 되니까. 그리고 그럴수록 우린 더 강해지거든."

굉장한 자신감이었다.

그는 철경을 보면서 중얼거렸다.

"그런데 이번 진천문주 같은 경우에는…… 애매하군. 사실 아주 예전에는 금륜안을 가진 자는 무조건 죽이라 했거든. 그런데 재미있게도 여불위의 저주를 받아온 사람이 되어버렸네?"

"여불위의 저주?"

"우리 입장에서는 저주인 셈이지. 갑자기 나타나서는 가진 것의 삼 할을 내놓으라고 하니까."

"지키지 않을 셈인가?"

"그것 때문에 우리도 내부적으로 고민이야. 그냥 모른 척하기도 그렇고, 그렇다고 그냥 돈을 주기에는 금액이 너무 크고."

거짓은 아닌 것 같았다.

하긴 마교만이 아니라, 여불위의 모든 후손들이 고민할 문제였다.

이해는 되지만, 얌전히 돌아갈 수는 없었다.

"그럼 왜 나온 거지?"

"교주님께서 말씀하셨지. 직접 만나 보고, 내가 결정하라고 말이야."

일월신교는 강한 자가 살아남고, 강한 자가 모든 것을 가지는 구조였다.

하지만 신교의 기본 율법은 반드시 지켜야 한다. 그리고 그 율법 속에 여불위의 저주가 기록되어 있었다.

과거 여불위의 후손에게 큰돈을빌렸고, 그 돈으로 일월신교를 키울 수 있었다고 한다.

그때 조건이 건 것이 삼 할을 줘야 한다는 내용이었다.

율법은 교주조차 바꿀 수 없었다.

그래서 소교주가 직접 나온 것이다.

"그래서 결론은?"

"성격이 급하군."

"시간이 없서든."

"으음. 한 가지 생각한 것이 있는데, 이렇게 해볼까?"

소교주가 먼저 제안했다.

"백만 냥을 주지. 그것으로 끝내자."

"적군."

"응? 백만 냥이 적어?"

"저기 있는 여소한이 이백오십만 냥을 준다고 했다. 그런데 그 유명한 마교에서 백만 냥을 준다고 하니, 적을 수밖에."

"그럼 얼마나 줄까?"

"천만 냥."

"호오오. 천만 냥이라."

소교주는 잠깐 생각하더니, 고개를 저었다.

"안 돼. 너무 많아."

"그럼 빌려주면 되겠군."

"뭐?"

"지금 돈을 주면, 앞으로 딱 두 달 후 받은 돈을 돌려주겠다. 대신 금액은 천만 냥을 빌려다오."

다소 황당한 제안이었다.

하지만 철경은 며칠 전부터 이 문제를 고민했었고, 그래서 내린 결론이었다.

그냥 주기는 힘들지만, 빌려주는 건 쉬울 것이다. 그리고 철경은 그 돈으로 반건위만 이기면 된다.

그 후에 돈을 돌려줘도 상관없다.

이 방법이라면, 다른 여불위 후손들도 마음을 돌리지 않을까 생각했다.

그런데 그 사정까지 알 수 없는 소교주는 철경을 유심히 바라봤다.

어떤 숨은 뜻이 있는지 파악하려는 의도였다.

"돈이 필요한 이유가 궁금하군."

"개인적인 사정이다."

"그러니까 지금 돈을 주면 이 개월 후에 그대로 돌려준다는 거지? 한 푼도 안 가지고?"

"그래."

"나쁘지 않은 제안이긴 한데, 역시 금액이 많아. 우리도 돈을 쌓아놓고 있는 건 아니거든. 부동산이나 다른 사업에 묶여 있어. 그것들을 다 처분하는 것 자체가 큰 손해야."

"대신 여불위의 저주는 영원히 없앨 수 있지."

소교주는 잠시 생각하더니, 고개를 저었다.

"괜찮은 거래인 것 같은데, 그래도 문제가 있어. 우리 신교에는 성격이 급하고 단순한 사람들이 많거든. 내부분 천 년 전의 저주 따위는 신경 쓰지 말고, 그냥 여의지주를 죽여 버리자는 의견이 지배적이야."

하긴 생각해 보면 그것만큼 쉬운 방법도 없었다.

힘을 숭상하는 마교다웠고, 매우 간단히 해결할 수 있었다.

'그런데, 왜 하질 않을까?'

그러고 보니 이상함을 느꼈다.

처음 마교의 소교주를 만났을 땐, 진심으로 죽이려 한다는 걸 느꼈다.

말은 최소한으로 줄이고, 몸으로 대화를 나누었다.

그런데 지금은 반대했다.

어떻게든 대화를 이어 나가며, 정보를 얻으려 한다.

무력은 멈추고, 지루하게 협상을 하려 하고 있었다.

'무언가 원하는 것이 있다.'

철경은 그걸 확실히 느꼈다.

소교주이 말이 이어졌다.

"반대하는 사람이 전체 인원의 구 할이나 돼. 즉, 내가 우긴다고 해도 쉽지 않다는 뜻이지. 하지만 내가 적극적으로 나서면 가능할지도 몰라. 소교주의 권한으로 밀어붙이고, 겁도 주고, 또 달래기도 하면 과반수 이상을 끌 수 있지."

"그래서?"

"내 부탁을 들어주면, 도와주지."

철경은 무표정으로 물었다.

"부탁?"

"그렇지. 이런 건 어때? 구대문파 중 수장의 목을 하나 따오는 거 말이야?"

"재미있군."

부탁이라.

다른 사람도 아닌 마교의 소교주가 부탁할 것이 있다?

그 말의 숨은 뜻은 무엇일까?

저런 농담짓거리는 아닐 것이다. 아마도…… 철경만 할 수 있는 일일 가능성이 높았다.

"이왕 이렇게 된 것, 객잔 안으로 들어가서 술이나 한잔 할까?"

하지만 철경은 대답 대신 다른 것을 물었다.

"그런데 이상하군. 마교는 강자생존 아니었나? 그 유명하신 천마께서 결정하시면, 모든 것이 해결될 것 같은데."

"말했듯이 교주님께서는 이번 일을 나에게 맡겼다. 그리고 우리 교주님은 너무 바쁘셔서, 이따위 작은 일에 신경 쓸 여유가 없으시지."

"그럼 더 이상하군. 내 앞에 마교의 교주님이 있는 것 같은데."

철경은 대답하면서, 한 사람을 바라봤다.

처음 객잔 안에서 나왔던 다섯 사람들,

그 중 한 명이었다.

점잖아 보이는 노인이었다.

하얀 수염과 마른 몸매는 무인이라기보다는 학자 같아 보였다.

그는 유난히 말이 없었고, 마기도 풍기지 않았다.

마치 책사 같은 느낌이었데, 처음에는 알지 못했다.

하지만 조금 전 금륜안을 사용할 때, 알 수 있었다.

그가 금륜안을 제일 먼저 알아봤고, 입술을 달싹거렸다.

그 후에 소교주가 뒤로 물러났다.

더구나 그의 몸에서 흘러나오는 내공의 흐름은 소교주의 것과 유사했다.

금륜안 때문에 알아볼 수 있을 정도로 미세했지만, 분명히 알 수 있었다.

그 노인이 고개를 들었다.

그의 눈을 처음 바라봤다.

맑고 깨끗했다.

그리고 그 속에 타오르고 있는 거대한 불꽃을 볼 수 있었다.

겉모습은 천만교도를 다스린다는 천마라 보기에는 어려웠지만, 철경은 직감했다.

이 사람이 분명 천마이다.

"자네 말은 내가 천마란 뜻인가?"

노인이 입을 열었다.

그는 철경의 말에도 전혀 놀라지 않았다.

"그래 보이는군요."

"아니면 어떡하려고?"

"아니면 사과해야죠."

그때 소교주가 화를 내면서 철경에게 다가갔다.

"이 새끼가 나를 완전히 무시하네. 보자보자 하니까……."

그는 진심으로 화가 났는지 진득한 살기가 흘러나왔다.

그때 노인이 다시 입을 열었다.

"물러나거라."

그러자 소교조는 입술을 깨물면서 뒷걸음질을 쳤다.

노인은 정말 마교의 교주이자 천마로 불리는 강조인이었다.

그의 몸에서 어둠이 피어올랐다.

점점 커졌고, 주변 일대로 집어삼키기 시작했다.

천마는 철경에게 말했다.

"질질 끌 것 없이, 간단히 하지. 네 말대로 우린 강자존 원칙을 가졌다. 네가 강자임을 증명해라. 그럼 너의 조건을 들어주겠다. 반대로 약자라면, 돈이고 뭐고 필요 없다. 죽음만 있을 뿐."

말을 할수록 어둠은 깊어졌고, 주위가 어둠에 물들었다.

그의 목소리 또한 점점 달라졌다.

마치 음유의 악귀처럼 끔찍해졌다.

철경은 이미 금륜안을 최대로 끌어올린 상태였다.

그는 천마가 나설 때부터 느끼고 있었다.

분위기가 심상치 않았고, 죽을지도 모른다고.

그래서 아까부터 천마의 몸에서 흘러나오는 어둠을 파악하려 애썼다.

하지만 아무것도 보이지 않았다.

이런 일은 처음이다.

그리고 소교주와는 완전히 달랐다.

천마의 어둠은 본인의 몸을 바꾸는 것이 아니라, 주위의 모든 것을 바꾸었다.

아무것도 보이지 않았고, 아무것도 느낄 수 없었다. 그냥 그대로 빠져버린 것이다.

어둠은 이미 철경을 삼켜 버렸다.

철경은 철아검을 휘둘렀다.

아니다. 내가 철아검을 들기는 한 건가?

그것조차 알 수 없었다. 마치 어린아이가 된 기분이다.

검은 물속에 빠져서 허둥대고 있었고, 아무것도 하지 못하는 바보가 되었다.

'이것이 삼황이라 불리는 천마의 실력인가?'

손가락 하나도 움직일 수 없다니.

살아오면서 이렇게까지 무력함을 느낀 점은 처음이었다.

혹시, 내가 벌써 죽은 건 아닐까?

정말로 그럴지도…….

심각하다.

철경은 자신도 모르는 사이에 절망이라는 늪에 빠져버렸다. 이대로는 의지는 사라지고 죽음만 있을 뿐이다.

그때였다.

팔목에서 차가운 기운이 피부 안으로 파고들었다.

한 줄기의 얇고 작은 기운에 불과하다.

하지만 차갑고 청명했다.

그것은 끊이지 않고 철경의 몸을 타고 올라갔고.

머리끝 백회혈에 부딪쳤다.

두둥.

마치 종처럼 울리면서, 순간 철경은 정신이 번쩍 들었다.

마치 차가운 물 한 바가지를 뒤집어쓴 기분이었다.

'정신 차려라! 이러다가 정말로 죽는다.'

그는 자신에게 소리쳤다.

그리고 억지로 몸을 움직이려 했다. 하지만 손에 힘이 들어가지 않는다.

다른 방법을 찾아야 한다.

철경은 모든 가능성을 열어두고 고민했다.

한 가지 생각이 스치고 지나갔다.

사실 몇 달 전부터 생각해 본 것이 있었다. 당시에는 아직 이르다고 판단했었고, 무르익을 때까지 기다리자고 다짐했었다.

하지만 지금은 그럴 여유가 없었다.

몸이 망가질 수도 있지만, 죽는 것보다 나으니까.

그나마 다행인 점이 있다면, 청명하고 차가운 팔찌의 기운이 도와주고 있었다.

이걸 이용한다면, 가능할지도 모른다.

'먼저 금륜안!'

금천지경의 무공은 일종의 안법이다.

한 번 개방하면, 내공과는 상관없이 사용할 수 있었다.

현재는 이 단계 투시까지 개방했으며, 삼 단계를 눈앞에 두고 있었다.

지금 그 삼 단계를 개방하려 했다.

명시(明視).

금륜안 삼 단계이자, 옳은 것, 바른 것을 볼 수 있는 능력.

속된 것이나 그릇된 것을 꿰뚫어 볼 수 있었다.

이미 여불위의 무덤 속에서 백무와 흑무를 꿰뚫어 봤을 때, 가능성이 엿보였다.

삼 단계로 넘어가기 직전이라 생각했는데, 목숨이 걸려 있는 지금이 바로 적기였다.

천마의 어둠을 넘지 못한다면, 죽음밖에 없으니까.

철경은 금천지경의 구결을 외웠다.

내공과는 다른, 상단전의 기운이 흘러나왔다. 동시에 여의보천에서 흘러나오는 청명한 기운을 슬며시 보탰다.

놀라운 일이 벌어졌다.

불안했던 것과는 달리 너무나도 쉽게 성공했다.

마치 기다리고 있었다는 듯, 단숨에 삼 단계 명시가 개방되었다.

화악.

눈이 밝아졌다.

그렇게 안 보이던 어둠이 사라졌다.

천마가 만든 지독한 어둠을 한눈에 꿰뚫어 봤고, 천마가 어디 있는지도 알 수 있었다.

'왜 이렇게 쉽게 성공한 거지?'

의문이 생겼지만, 그건 나중에.

볼 수는 있지만, 아직 움직일 수 없었다.

때문에 진천무경도 한 단계 올려야 한다.

지금까지는 두 가지 내공을 섞었다면, 이젠 세 가지 내공을 섞을 생각이다.

기본은 역시 생어도결.

거기에 목하시류결을 섞었고, 여기까지는 괜찮았다. 두 종류의 내공이 몸속을 돌아다녔다.

마지막으로 천뇌전공을 흘려보냈다.

"우욱."

부담스럽다.

갑자기 뱃속이 콱 막히는 느낌이 들었고, 내공이 오히려 역류하려 들었다.

혈맥이 부풀어 오르고, 꼬이기 시작했다. 이대로는 터질 것 같았다.

바로 뭔가 잘못되었다는 생각이 강하게 들었다.

하지만 이미 쏘아진 화살이다.

되돌릴 수도 없었다.

이러지도, 저러지도 못할 때, 철경은 떠오르는 생각이

있었다.

여의보천에서 새어 나오는 차가운 기운.

그것을 다시 이용해야겠다.

내공이 아닌 기물에서 흘러나오는 기운이라, 내공과는 별개로 움직일 수 있었다.

게다가 깨끗해서인지 이질감이 전혀 없었다. 그래서 부담이 없었다.

먼저 명시로 꼬여있는 세 가지 내공을 살폈다. 복잡해 보이지만, 단번에 원인을 파악했다.

역시 혈맥이 세 가지 내공을 감당하지 못했다.

'그럼 혈맥을 보호해야지.'

외부에서 흘러들어오는 기운으로 혈맥을 보호했다. 완전히 다르게 움직이면서 혈맥을 보호면서 세 가지 내공을 움직였다.

'된다.'

내공들이 동시에 움직이기 시작한다.

무슨 일이든 처음만 힘들 뿐이다. 운기의 속도는 점점 빨라지고, 요령이 생겨났다.

어떻게 해야 세 가지 기운을 효과적으로 섞을지 알 것 같았다.

그러면서 조금씩 융화되었고, 가벼워졌다.

그래. 이것이다.

융화.

섞이기 힘들다고 단정 짓고, 불가능하다고 생각했었다. 하지만 그것 역시 나만의 착각이다.

애초에 내공은 내가 만들어낸, 나의 산물이 아닌가?

성향은 다르지만, 결국 나의 것들이다.

그러니 내가 원한다면, 무엇이든 할 수 있었다.

내공 역시 섞고, 융화시킬 수 있었다.

고오오오.

내기가 뿜어져 나왔다.

믿을 수 없을 정도로 강한 내공으로 남은 어둠을 몰아냈다.

손에서 뿜어져 나오는 내기는 다섯 배 이상 커졌고, 그 속도는 세 배 이상 빨라졌다.

진천무경이 한 단계 진화한 것이다. 이것으로 철경은 더욱 강해졌다.

파파팟.

어둠 역시 더 강해지면서 부딪침이 커졌다.

하지만 더 이상은 철경의 공간을 침범하지 못했다.

철경은 금륜안 명시로 천마의 위치를 다시 파악했다. 그리고 그에게 이어지는 최적의 경로와 약점을 찾았다.

'대단하군.'

약점이 보이지 않는다.

처음 보는 완전무결한 자세였다. 약해 보이는 곳이 단 한 군데도 없었다.

그렇다고 주저앉을 생각은 없다.

'좋아. 약점이 없으면…… 만들어야지.'

철경은 철아검을 꽉 움켜쥐었다. 그의 힘이 폭발하기 직전까지 끌어올렸다.

"그만하지."

파아앗.

갑자기 천마의 어둠이 일제히 사라졌다.

썰물이 빠지듯, 순식간에 걷어간 것이다. 놀랍도록 빨랐다.

천마는 그대로 서 있었다.

조금 전에 있던 자리에 한 발짝도 움직이지 않았다.

다른 사람도 마찬가지다.

처음 그대로 같은 위치에 서 있었다.

오직 철경만 노리고, 어둠을 뿌린 것이다.

철경만 어둠에 가두고, 죽이려 했다.

이 정도면 환술을 능가할 정도로 놀라운 공간장악력이다.

철경은 긴장을 풀지 않았다.

검의 손잡이를 잡은 채, 물었다.

"무슨 뜻이오? 그만하자니?"

천마는 부드러운 미소를 지으며 대답했다.

"이 이상 한다면, 내가 너를 죽여 버릴 것 같다. 그래서 그만하자는 뜻이다."

표정과는 달리 내용은 살벌했다.

철경이 물었다.

"내가 강자로 인정받았다는 의미요?"

"그런 셈이지."

"그럼 지금 말해주시오. 나에게 부탁할 일이 뭐요?"

천마는 주변의 마교도들에게 말했다.

"고혼만 남고, 물러나라."

"존명."

단 한마디였다.

마교도들은 어떤 의문도 가지지 않았다. 교주의 말이 떨어지기 무섭게 뒤로 물러났다.

순식간에 모두 사라졌다. 옷자락 소리도 들리지 않을 만큼 은밀하고 빨랐다.

마교의 소교주, 고혼만 남아 있었다. 그리고 그는 뭐가 불만스러운지 계속 철경을 노려보고 있었다.

철경은 신경 쓰지 않았다.

그것보다 천마인황 강주인을 바라봤다.

마침 그가 입을 열었다.

"괜찮은 재능이다. 죽을 위기에 더 강해지다니, 전사의 피가 흐르고 있어."

"그것도 칭찬이오?"

"그래. 그래서 생각을 바꾸었다. 네 요구를 들어주마. 원한다면, 마교의 재산 중 삼 할을 진짜 줄 수도 있다."

대단히 파격적인 조건이다.

하지만 듣고 있는 철경의 표정은 좋지 않았다. 흐름을 보아하니 공짜로 줄 것 같지 않고, 그 대가는 무척 어려울 것 같았다.

"그래서, 나에게 원하는 게 뭡니까?"

"과거의 기록에 의하면, 금륜안을 지닌 이는 상대의 무공을 꿰뚫어 보고, 심지어 내공까지 훔칠 수 있다고 한다. 사실이냐?"

"비슷하오."

"참으로 놀라운 무공이구나. 아니, 재능이라 해야 하나?"

그는 금륜안의 원리에 대해서도 어느 정도 아는 것 같았다.

마침내 강주인은 원하는 것을 말했다.

"남쪽의 신교에 가거라. 가서 정화의 불을 훔쳐 온다면, 삼 할의 돈을 지불하지."

"……."

철경은 잠시 생각한 후에 물었다.

"내가 거절할 수 있소?"

"없다. 거절하면, 너 같은 놈을 살려둘 이유가 없으니까."

"내가 정화의 불이란 걸 가져온 후에는? 돈을 준 후에 나를 죽일 수도 있잖소?"

"그건 약속하지. 내가 교주로 있는 한, 너를 죽이진 않겠다."

그러면서 소교주 고혼을 힐끔 바라봤다.

즉 본인은 죽이지 않겠지만, 고혼이 교주가 된 뒤에는 달랐다.

고혼이 죽이는 걸 말리지 않겠다는 의미였다.

그제야 고혼도 미소를 지었다.

철경은 잠시 생각했다.

마교주와 거래하는 건 마음에 들지 않는다. 하지만 사실 방법이 없었다.

무공이 한 단계 진화했지만, 천마를 이길 자신은 없었다.

죽음이 두려운 건 아니었다.

복수를 완성하지 못할까 봐, 그것이 두려웠다.

'그래. 하나만 생각하자. 복수.'

그걸 위해서라면 누구와도 거래할 수 있다.

"좋소. 대신 삼 할의 돈을 먼저 빌려주시오. 그리고 지금은 내가 급한 일이 있으니, 끝내고 삼 년 안에 정화의 불을 찾아오겠소."

마교주는 피식 웃었다.

"허허. 돈은 빌려줄 수 있다. 하지만 삼 년은 너무 긴 것 같군. 일 년으로 하지. 그리고 도주할 염려가 있으니, 우리 측 인원을 붙여야겠다. 아니면 고독을 먹든지."

"마공을 풍기지 않는다면, 그리고 내 일을 방해하지 않는다면 따라다녀도 상관없소. 하지만 기한은 이 년으로 합시다."

천마의 눈이 새까맣게 물들었다.

"난 의논을 하자는 게 아니야."

"나 역시 마교도가 아니오."

마교도가 아니니, 명령을 따를 필요가 없었다.

천마 강주인은 무섭게 노려봤지만, 철경은 당당히 바라봤다. 죽이지 않을 것이다.

먼저 부탁한 쪽은 천마였으니까.

결국 천마는 내공을 거두었다.

"좋아. 그렇게 하지."

마침내 결정을 내렸며, 몸을 돌렸다.

그는 고혼에게 말했다.

"나머지는 네가 알아서 하거라."

"네."

그리고 천천히 걸어가면서, 고혼에게 전음을 보냈다.

[네 녀석의 호적수로 괜찮은 놈이다. 잘해봐라.]

고흔의 눈빛이 더욱 깊어졌다.

한 걸음 걷는데, 천마의 신형은 십여 장씩 나아갔다. 금세 사라졌고, 마교도들이 다시 나타났다.

고혼은 철경을 노려봤다.

"자아, 그럼 자세한 이야기를 나눠볼까?"

"얼마든지."

철경 역시 그의 눈빛을 피하지 않았다.

후루룩.

반건위는 낡고 작은 방에서 차를 마시고 있었다.

작은 창문으로 바깥의 경치를 감상하면서 느긋한 오후를 즐기고 있었다.

벌컥.

그때 방문이 열리면서 머리가 산발인 노인이 들어왔다. 그는 반건위의 맞은편에 앉으며 투덜거렸다.

"에이. 씨부럴 놈들. 요즘 애들은 왜 그런지 몰라. 뭘 하나 시키면 제대로 하는 법이 없어. 우리 때는 안 그랬는데."

"요즘 애들이 다 그렇지 뭐."

반건위는 쳐다보지도 않고 대답했다.

그러자 노인이 버럭 소릴 질렀다.

"야. 내가 누구 때문에 이 고생을 하는데? 쳐다보지도 않아? 그리고 고생했다. 수고했다. 이런 말 할 줄 몰라? 입이 없어?"

"허어. 그게 공짜로 하는 일인가? 다 돈 받고 하는 일이 잖아. 그럼 돈 만큼 해내야지."

"씨부럴 놈아. 돈을 억만금을 줘도 이런 복잡한 일은 안 해. 너니까 해주는 거지."

"말이 되는 소릴 해라. 억만금을 주면 무엇이든 할 수 있어. 안 한다, 못한다? 그건 돈이 부족해서 그런 거야."

"오냐. 씨부랄 놈아. 너 잘났다."

두 사람은 마치 어린아이처럼 싸웠다.

노인은 허리춤에서 술병을 꺼내어 벌컥벌컥 들이켰다.

"캬아아. 좋다."

그러자 반건위는 자신이 마시던 차를 버렸다. 그는 빈 찻잔을 내밀었다.

"야. 나도 한 잔 줘. 싸구려 차는 이제 못 마시겠다."

"쳇. 지금까지 잘 처먹어놓고는……."

그러면서도 잔에 술을 따라주었다.

반건위는 그걸 한입에 털어 넣었다.

"크으. 그래서? 어찌 됐어?"

"뭐 어째? 잘하고 있지."

"야. 자세히 말해 봐. 명색이 내가 고객이잖아."

"고객은 개뿔."

노인은 투덜거렸다. 그러면서도 원하는 내용을 알려주었다.

"산동, 안휘성에 있는 땅은 팔았고, 하남, 호북성에 있는 땅은 파는 중이고, 귀주, 광서, 호남성에 있는 땅은 단시간에 팔기 힘들 것 같아서, 땅을 담보로 돈을 빌렸다. 그리고 네가 준 목록에 있는 놈들을 찾아가서 빚을 갚으라고 독촉하고 있어."

"다른 놈들은 상관없다. 황궁의 관리들과 황금장 놈들의 빚이 가장 중요해. 그리고 투자 유무도 물어봤어?"

"벌써 처리했지."

노인은 다시 술을 한 모금 마신 후 말했다.

"관리 놈들은 순순히 돈을 갚았어. 투자는 안 할 거라 했고. 또 황금장은 돈은 안 갚았는데, 오히려 투자 쪽에 관심을 보이던데?"

"그럴 줄 알았어. 황금장 놈들이 원래 그래. 욕심이 많지. 아무튼 그걸 빌미로 최대한 뜯어내야겠어."

노인, 반건위의 친우이자, 하오문의 장로, 가우금은 한심하다는 듯 바라봤다.

"끌끌. 아무리 생각해도 멍청한 짓이다. 네놈 손자의 손자까지 잘살 정도로 부를 모았는데, 그걸 내기 때문에 없애 버리다니. 그 좋은 땅을 헐값에 팔고, 무리하고 대출까지 하면서 말이야."

"내가 누군지 몰라?"

"그러니까 인마. 그 말도 안 되는 내기 때문에 이게 무슨 짓이냐고!"

"왜 이래? 새삼스럽게."

"어이구. 화상아. 나이를 똥구멍으로 처먹었니? 그 나이가 되면 이제 승부욕도 식을 때도 됐잖아."

"그래. 나도 그런 줄 알았지."

실제로 최근에는 내기를 한 적이 없었다.

그래서일까?

왠지 삶의 낙이 없고, 사는 것이 재미없었다. 그런데 철경이란 놈이 나타나서 말도 안 되는 내기를 제안하는 순간, 심장이 뛰었다.

예전처럼 가슴이 두근거려 주체할 수 없었다. 반건위는 그것만으로 충분했다.

"흐흐. 네놈은 몰라. 내기의 참맛을……."

"나는 그런 걸 알 생각도 없다."

"아무튼 내가 시키는 대로만 해라. 내기에서 딴 돈으로 솔솔찮게 챙겨줄 테니까."

"흥. 적게 주기만 해봐라. 가만두지 않을 테다."

그러다 반건위는 갑자기 생각난 듯 물었다.

"아, 그나저나, 그놈은 어때? 뭐 하고 있어?"

"누구?"

"철경 말이야."

"아, 그놈."

반건위의 부탁으로 하오문은 철경과 태전문 쪽도 계속 살펴보고 있었다.

가우금이 대답했다.

"진짜 보물창고를 가지고 있는 것 같더라. 지금 열심히 땅을 파는 중이야."

"땅을 판다고?"

"지리를 보면 대충 의심 가는 게 하나 있긴 한데……. 말해줘?"

"이 영감댕이야. 알넌 말해야지, 뭘 물어봐?"

"이 새끼는 도와줘도 불만이야. 아무튼 추신검문 알지?"

"최근 여불위의 무덤에서 문주와 첫째 아들이 죽었잖아. 그 후로 공중분해되었다고 들었는데."

"맞아. 그런데 그 추신검문의 문주가 지독한 돈벌레거든. 수완도 좋아서 어마어마하게 돈을 끌어 모았어. 그 추신검문의 제일 보물창고라는 만무당이 위치가, 바로 그 근처란 얘기가 있어."

"호오. 그러니까 철경이 추신검문의 보물창고를 파고 있는 거네."

"그런 셈이지."

반건위가 잠시 생각하더니, 다시 물었다.

"추신검문, 정말 돈이 많았어?"

"말했잖아. 문주 추감혁이 돈에 환장한 놈이었다고. 운도 좋고 능력이 있어서 한창 돈을 끌어 모았지. 청해 제일 부자라는 소문도 있었어."

"그럼, 천만 냥쯤 될까?"

"으음. 그 정도는 안 될걸? 에이. 그놈의 천만 냥. 쯧쯧."

가우금은 혀를 차고, 반건위는 고민에 빠졌다.

그러더니 눈을 반짝이며 말했다.

"야. 이걸 소문으로 이용해 보자."

"허어. 이 새끼 눈이 이상해 지네. 왜? 또 무슨 술수를 쓰려고?"

"내가 직접 움직일 필요도 없어. 그냥 소문만 하나 퍼뜨려 줘. 추신검문의 비밀 창고가 그곳에 있다고. 그리고 주인이 없어서 가진 자가 임자라고."

가우금은 그의 뜻을 눈치 챘다. 그리고 혀를 차며 중얼거렸다.

"쯧쯧. 산적, 도적할 것 없이 온갖 잡놈들이 모여들겠구나. 보물을 노리고."

"바로 그것이지."

"야. 이거 잘못하면, 피가 상당한 튈 수 있어. 잘 생각해."

"어쩔 수 없다. 이기려면."

그렇다.

반건위는 내기에 미친 인간이었고, 내기에서 이기기 위해서라면, 가족도 팔 수 있었다.

가우금이 고개를 흔들며 일어섰다.

"에이. 나도 모르겠다."

"후후후. 점점 재미있게 흘러가고 있어."

그런데 가우금은 밖으로 나가려다 말고, 갑자기 입을 열었다.

"아, 그리고 이상한 점이 하나 있는데."

"뭔데?"

"이상하게 철경이란 놈이 안 보여."

"안 보인다니? 땅 파고 있다며?"

"땅 파는 건, 태전문과 그들이 고용한 혈랑대고. 이상하게 철경이 없네. 태전문에도 보이지 않고. 갑자기 사라져 버렸다."

"호오. 천하의 하오문도 못 찾는단 말인가?"

"야. 우리가 만능이냐? 산속에서 처박히거나, 새외로 가 버리면 우리도 모른다."

반건위는 철경이 안 보인다는 사실에 살짝 불안해졌다.

그는 자리에서 벌떡 일어났다.

"야. 어디 가려고?"

"너는 철경, 그놈을 계속 찾아봐."

"어디 가냐니까?"

"돈 구하러 간다!"

여러 가지 수를 쓰고 있지만, 그래도 불안했다.

그가 본 철경은 만만찮은 놈이다.

그런 놈이 보이지 않는다는 건, 추신검문 보물창고 외에 다른 것도 있다는 의미였다.

그래서 여유 따위는 집어치우고 돈을 구하러 나섰다.

그는 대륙전장과 구도상단에 가 볼 작정이었다.

무당파의 진해 도장은 얼굴을 잔뜩 찌푸렸다.

"진평 그놈이 진짜…… 어휴. 어휴."

그는 연신 분통을 터뜨렸다.

아마 주위에 아무도 없었다면, 쌍욕을 했을 것이다.

그만큼 화가 나고 어이가 없었다.

조사를 하면 할수록, 분명해졌다.

그의 사제, 진평 도장은 명백한 연쇄 살인범이다.

변명의 여지가 없었다.

그는 무당을 떠난 십 년 동안, 수십 명의 평민을 고문하고 죽였던 사실이 밝혀졌다.

그런데 이제 그가 죽었으니, 모든 책임은 무당파가 떠안게 생겼다.

"무당파 명예에 먹칠을 해도 유분수지. 이 새끼를 살려서 다시 죽일 수도 없고."

"사형. 도사가 할 말은 아닌 것 같습니다. 진정하시지요."

"내 입으로 말도 못 하냐?"

"화를 낸다고 달라지는 건 없잖습니까?"

진하 도장은 가라앉은 말투로 그를 달랬다.

물론 그의 말이 맞았다. 화를 내고 울분을 토해도, 문제가 사라지진 않는다.

"내가 몰라서 이러는 것 같으냐? 울분이 가라앉지 않으니까, 투덜거리는 거지."

언제나 침착한 놈이지만, 이런 상황까지 무덤덤할 줄은 몰랐다.

그러면서 뒤에 있는 진호 도장을 바라봤다.

그는 어깨를 들썩이며 울먹이고 있었다.

진해 도장은 의아해서 물었다.

"사제야. 너는 또 왜 울고 있니?"

"사형. 진평 사형과 우리는 어릴 때부터 이십 년을 같이 지내지 않았습니까? 힘들 때, 아플 때, 기쁠 때를 함께했는데, 기억 안 나십니까?"

"내가 왜 안 나겠냐?"

"그런데 우린 진평 사형이 그런 성향을 가졌는지 전혀 모르고 있었잖아요. 만약 우리가 더 살피고, 그의 나쁜 성향을 알았더라면…… 고칠 수도 있지 않았을까요? 그럼 괴롭게 죽은 사람들도 없었을 겁니다."

그러자 진하 도장이 그를 다독였다.

"진호 사제. 진정하거라. 너의 의견은 결과론적인 얘기일 뿐이다."

"그렇긴 하지만. 흐윽."

진하 도장은 진해 도장에게 말했다.

"사형. 일단 무림맹이 하자는 대로 하시죠. 해결책은 죽은 피해자의 가족을 일일이 찾아가서 사죄를 하는 수밖에 없을 것 같습니다."

"휴우우우. 그래. 최대한 죄를 빌고, 용서를 구해보자."

세 사람은 시체들이 있는 지하실에서 나왔다.

현청의 대청으로 들어가니, 오유벽 현령이 기다리고 있었다.

진해 도장이 대표로 나섰다.

"이렇게 도와주셔서 감사합니다."

"아닙니다. 당연히 도와드려야죠."

"한 가지만 더 부탁드리고 싶은데, 괜찮을까요?"

"말씀하십시오."

"혹시 이 마을의 피해자 가족들이 사시는 곳을 알려주

실 수 있습니까? 저희가 직접 찾아가서 사죄를 드리고 싶습니다."

"흐음. 본래는 안 되는 일이나, 그러는 편이 가족들에게 위로가 되겠군요. 알겠습니다. 알려드리겠습니다."

그는 포쾌들을 시켜서 안내하도록 지시했다.

그렇게 무당파는 현령의 도움을 받아 가족들을 찾아갔다.

그리고 진심으로 고개를 숙여 사과를 했다. 또 돈이나 쌀을 포함해서 가족들이 원하는 걸 해주려고 노력했다.

처음에는 가족들이 화를 내고 쫓아내려 했다. 하지만 무릎까지 꿇으며 용서를 빌자, 결국 받아주었다.

그렇게 이곳에서 삼 일 동안 죄를 빌었다.

하지만 이것이 끝이 아니었다.

진평 도장은 무림맹에서 일을 하면서 많은 곳을 돌아다녔다. 그리고 대륙 각지에서 살인을 저질렀다.

그러니 그가 간 곳을 거꾸로 되짚으면서 용서를 구해야 한다.

그러려면 무림맹의 청해지부로 가서 진평 도장이 갔던 곳을 물어야만 했다.

아주 긴 여정이 될 것이다.

그런데 그날 밤, 진하 도장은 진해 도장을 찾아왔다.

"사형. 부탁드리고 싶은 것이 있습니다."

"네가 웬일이냐?"

"무림맹으로 가기 전에 산호 도장을 한 번 만나 봐도 되겠습니까?"

"곤륜파의 신룡을? 왜?"

"산호 도장이 진평을 잡았다고 했으니까요. 만나서 그때 상황을 직접 듣고 싶습니다."

"흐음."

"옆 마을의 태전문에 있다고 하니, 하루면 갔다 올 수 있습니다. 먼저 출발하시면, 무림맹으로 뒤따라가겠습니다."

진해 도장은 잠깐 생각하더니, 승낙했다.

"대신 조건이 있다. 진호도 데려가라."

"진호를요?"

"그래. 아직도 진평 때문에 슬퍼하는 것 같은데, 데리고 다니면서 바람이나 쐬게 해."

"알겠습니다."

그렇게 진하 도장과 진호 도장은 따로 떠났다.

그들이 먼저 찾아간 사람은 판인보였다.

그는 무당파의 직전제자는 아니지만, 무당파가 찾아왔을 때 성심껏 도와줬었다.

이번에도 진하 도장을 보자마자 벌떡 일어났다.

"사, 사숙님 어쩐 일이십니까?"

"사질. 그동안 고생 많았네."

"아닙니다. 무당파의 제자로 당연히 해야 할 일인걸요."

"그렇게 말해줘서 고맙군. 그나저나 마지막으로 부탁할 것이 있는데."

"무엇이든 말씀하십시오."

"혹시 태전문이 어디 있는지 아는가?"

판인보는 기다렸다는 듯 대답했다.

"제가 가 본 적은 없지만, 대충 어디 있는지 알고 있습니다."

"잘됐군. 오늘 밤에 가 보려는데, 안내해 줄 수 있을까? 너무 급작스럽게 부탁해서 미안하네. 시간이 없어서 말이야."

"아닙니다. 바로 준비하겠습니다."

사실 무당파 제자들에게 무당진룡 진하 도장은 특별한 존재였다.

선망의 대상이자, 무당파의 자부심이었다.

그가 부탁을 하니, 판인보는 오히려 기분이 좋았다.

그렇게 세 사람은 한밤중에 태전문이 있는 덕령합으로 향했다.

그리고 밤새도록 달렸다.

새벽녘, 세 사람은 꽤 높은 산에 도착했다.

판인보가 많이 지친 상태였다.

그는 헐떡이면서도, 열심히 설명했다.

"허억. 허억. 미령산이라고, 이 근방에서 가장 험한 산입니다. 그래도 이걸 넘어가면 바로 덕령합입니다."

진하는 그의 어깨를 두드리면서, 고마움을 표했다.

그러다가 갑자기 산의 위쪽을 바라보았다.

"이 시간에 산을 오르는 사람들이 있군."

"이 시간에요?"

아직 해가 뜨기도 전인데

"심마니일까요?"

"아니. 그것보단, 수련 중인 것 같은데?"

진호 도장이 키가 높은 나무 위로 올라갔다.

잠시 후 내려와서 말했다.

"어린아이들이 산을 오르고 있습니다."

"어린아이들?"

"남자 하나에 여자아이 둘인데, 대략 십 세 전후인 것 같은데요."

"역시 수련 중인가?"

"그런데, 너무 힘들어 보여요. 너무 어린 아이들이라, 수련보다는 학대같아 보이기도 합니다."

진호 도장은 걱정스럽게 말했다.

"아무래도 사형. 잠시 보고 가는 게 낫지 않을까요?"

진하는 잠시 생각하더니, 그쪽으로 방향을 잡았다. 시간이 없지만, 모른 척 지나가는 건 정파가 할 짓이 아니라 판단했다.

힘들다.

"허억. 헉. 헉. 헉."

아니다.

단순히 힘들다는 말로는 부족했다.

이대로 죽을 것 같다.

다리는 천근만근 무겁고, 온몸에 기운이 빠진다.

얼마나 많이 뛰었는지 발톱은 빠졌고, 피가 흘러내렸다. 손발은 진즉에 퉁퉁 부었고, 마치 내 것이 아닌 양 감각이 없었다.

매 순간이 지옥 같았다.

그리고 무엇보다 힘든 건, 이 지옥이 언제 끝날지 알 수 없다는 사실이다.

또 내가 이 지옥을 선택했다는 것도 짜증났다.

'아니야. 나는 철경에게 무공을 배운다고 했지, 진서가 아니잖아. 이건 내가 선택한 게 아니라고.'

제갈민은 그렇게 자신을 설득했다.

솔직히 두 달 전에는 괜찮았다.

철경에게 무공을 배울 때는 힘은 들어도, 이해할 수 있는 선에서 몸을 혹사시켰다.

그리고 다음 날 일어나면 몸이 괜찮아졌다.

철경이 밤새 추궁과혈을 해준 것도 알았고, 조금은 고맙게 생각하기도 했다.

그런데 진서의 손에 맡겨지면서 지옥이 시작되었다.

진서는 상식이 통하지 않는 사람이다.

사람을 극한까지 몰고 갔으며, 어린아이라고 봐주는 법이 없었다. 몸이 망가지고, 부서져도 죽지만 않으면 괜찮다는 주장이었다.

'어린아이는 안 죽냐? 무림에서는 어린아이라고 봐주지 않아. 잔혹하고 냉정한 곳이다. 죽기 싫으면 버텨 내. 버틸 수 있어.'

일부는 맞는 말이다.

하지만 이제는 육체가 아니라 정신이 부서질 것 같았다.

제갈민은 마침내 포기했다.

'안 되겠어. 못할 짓이야. 그냥 도망가자. 이대로 그냥 가버리는 거야.'

근처 지리는 이미 파악해 두었다.

이 산만 넘어가면, 다른 마을로 통한다는 것도 알았다.

그리고 소매 안에는 작은 금덩이를 숨겨놓았다.

이거면 무엇이든 시작할 수 있었다.

그래. 이대로 산을 넘어서…….

"꺄악."

실수다.

잠시 딴생각을 하다가 발을 헛디딘 것이다. 그러잖아도 다리가 후덜거리는데.

더욱 집중했어야 했는데.

하지만 실수는 한 순간이었다.

제갈민은 아래로 정신없이 굴러다녔다.

쫘아아악.

불행히도 이곳이 꽤 높은 곳이다. 일부 바닥에는 자갈과 큰 돌도 있었고, 몸을 웅크리며 머리에 보호하려 애썼나.

쿠우웅.

다행히 큰 나무둥치에 부딪히면서 멈추었다.

"아으으으."

제갈민은 신음을 뱉었다. 조금씩 정신을 차리면서 몸상태를 살폈다.

먼저 머리.

몸을 웅크리고 머릴 감싼 탓에 머리 쪽은 괜찮았다.

다른 쪽은?

팔다리를 포함해서 등, 어깨 등 안아픈 곳이 없었다. 어딘가 부러진 것 같기도 했다.

고개를 슬쩍 들었다.

"아악."

등이 크게 아프다.

고개를 움직일 수조차 없었다.

제갈민은 아픔이 가실 때까지 가만히 있었다.

그동안 눈알을 굴리며, 주위를 살폈다.

'모르겠어.'

오늘까지 스무 번도 더 오른 산인데, 처음 보는 곳이었다.

생각보다 훨씬 아래쪽에 떨어진 것 같았다. 이곳은 어둡고, 낙엽이 많이 쌓여 있었다.

하늘이 안 보일 정도로 나무가 무성했고, 가파른 비탈길이 보였다.

짧은 시간에 얼마나 많이 떨어진거야?

위쪽 길은 아예 보이지도 않았다.

'휴우우. 내 몸은 괜찮은 걸까?'

혹여나 불구가 되는 건 아닌지 걱정되었다.

제갈민은 아주 조금씩, 손가락부터 움직여 보았다.

"아악. 으으으."

아프다.

고통이 느껴진다.

그럼에도 다행이라 생각했다.

아프다는 건 신경이 살아 있다는 의미였고, 불구는 아니란 뜻이니까.

조금씩 범위를 넓혔고, 가장 걱정되던 허리 쪽을 움직였다.

“꺄악.”

허리가 끊어질 듯 아팠다. 조금도 움직일 수 없었다.

그래도 조금 전보다는 덜 아프다.

그것 하나로 위안을 삼았다.

‘사람들이 나를 찾을 수 있을까?’

만약 여기서 못 움직인다면, 태전문 사람들이 찾으러 올 것이다.

진서가 독하더라도, 나쁜 사람은 아니었다.

분명 찾으려고 할 것이다. 그때 찾을 수 있을까?

여긴 아래쪽이고 어두웠다. 찾을 수 있을지 의문이었다.

“흠흠. 사, 살려주세요!”

혹시 몰라 소릴 지르려했다. 하지만 목이 메어서 크게 지르지 못했다.

가슴이 아프고 답답했다.

그래도 목소리는 나오잖아.

냉정하게 생각해 보면, 다치긴 했지만, 아직 불구는 아니다. 일어서진 못하지만, 누군가 구하러 올 수 있고, 그들을 부를 수 있는 목소리도 나왔다.

즉, 당장 목숨이 위태로운 지경은 아니었다.

그제야 마음이 놓인다.

그다음에 찾아오는 감정은 억울함이었다.

‘이게 뭐야. 난 왜 이렇게 되는 일이 없지?’

아플 때도 울지 않았다. 지금은 너무 억울해서 눈물이 나왔다.

남들보다 머리가 좋으면 뭐 하냐? 인생이 불행한데.

어떻게 되는 일이 하나도 없지? 이렇게까지 없을 수 있을까?

숨이 턱턱 막혔던 제갈세가에서 겨우 벗어났다.

여불위의 무덤 속에서 목숨을 건 결과였다. 그러다가 태전문에 오게 되었고, 이제 겨우 살 만하다 여겼다.

그런데 얼마 지나지 않아 지옥 같은 수련에 걸렸다. 또 막상 탈출하려니까 이 꼴이 되어버렸다.

이런 상황들이 너무나 짜증났다.

"흑. 흑흑."

그렇게 한참 동안 울고 나니, 기분이 조금 나아졌다.

"아우우우."

들짐승 소리였다.

갑자기 무서워졌다.

다른 사람이 오기 전에 승냥이 같은 놈들이 나타나면 어떡하지? 나는 반항할 수도 없는데.

이런 곳에서 들짐승에 먹혀 죽는 건 아닐까?

"사제~"

"제갈민!"

그때였다.

아이들의 목소리가 들렸다.

태천화, 태천부 남매였다.

제갈민은 자신도 모르게 소리쳤다.

"여, 여기야! 여기 있어. 으으윽."

아파서 목소리가 나오지 않았다. 그래도 계속 악을 썼고, 겨우 전달된 것 같았다.

"누나, 목소리가 들려!"

"저쪽이다. 민아. 기다려. 우리가 갈게."

휘익.

스스스.

타탁.

워낙 가파른 곳이라 내려오기 쉽지 않았다. 그래도 두 아이는 멈추지 않았다.

조심스럽게, 꾸준히 내려왔다.

"아악."

태천화의 비명 소리가 들렸다.

아무래도 어딘가에 부딪힌 것 같았다. 그래도 옷자락으로 피를 슥슥 닦은 후에 계속 내려왔다.

그렇게 제갈민이 있는 곳까지 내려왔다.

제갈민은 두 사람을 보자마자, 울컥 눈물이 쏟아졌다.

태천화가 걱정스럽게 물었다.

"너, 괜찮아?"

"모, 모르겠어. 허리가 너무 아파."

"으음. 잠깐만 볼게."

태천화는 가까이 가서 제갈민을 살폈다.

다행히 눈에 띄는 큰 상처는 보이지 않았다. 자잘한 상처와 멍은 많았지만, 심각해 보이진 않았다.

다만 뼈가 부러졌는지 발목이 퉁퉁 부었고, 등과 허리 쪽에 충격이 있는 것 같았다.

태천화는 주위를 돌면서 적당한 나뭇가지를 가져왔다.

그리고 자신의 겉옷을 찢어서 길게 연결했다. 그것으로 발목에 부목을 댔다.

굉장히 익숙한 솜씨였다.

제갈민이 신기하게 바라보자, 태천화는 웃으며 대꾸했다.

"어릴 적에 천부가 다리가 부러진 적이 있거든. 그래서 몇 년간 의원에서 일을 도와주면서 간단하게 배웠어."

의외의 실력이었다.

태천화가 다시 물었다.

"숨 쉬는 건 어때?"

"괜찮아."

"그럼 내가 도와줄 테니까 조금씩 움직여 보자. 조금이라도 아프면 얘기해."

태천화는 제갈민의 등과 허리를 조금씩 눌렀다. 그러면서 움직이니까, 처음보다는 훨씬 나았다.

"아악. 그래도 아파."

태천화는 한숨을 쉬었다.

"휴우. 아무래도 일어서는 건 무리겠어. 이대로 누워서 태전문으로 데려가야겠어."

"누, 누나. 나, 나, 나도 같이 도울께."

태천화와 태천부는 다시 주변을 돌면서 나뭇가지를 모았다.

그리고 들것을 만들기 시작했다.

길고 튼튼한 나뭇가지 두 개와 태천부의 겉옷과 바지, 태천화의 남은 겉옷으로 연결했다.

작은 들 것이 만들어졌다.

제갈민은 놀라웠다.

"그런 것도 만들 수 있어?"

"의원에게 여러가지 많이 배웠어."

태천화는 대꾸하면서 미소를 지었다.

제갈민은 그 모습이 어른스러워 보였다.

태천화는 들것의 끝을 태천부의 허리에 둘렀다.

"자, 민아. 이제 여기에 누워보자."

보아하니 태천부가 끌고 가려는 것 같았다.

제갈민은 조금 불안했다. 그래서 거절했다.

"아, 아니야. 난 여기 있을 테니까. 가서 어른들을 불러다 줘. 그게 나을 것 같아."

태천화는 고개를 저었다.

"우린 여기가 어딘지 몰라. 태전문까지 갔다가 다시 못 찾을 수 도 있어. 적어도 우리가 아는 길까지는 올라가야 해. 그 후에 사람들을 데려오는 걸로 하자."

놀라웠다.

그동안 우습게만 봤는데, 태천화는 위기 상황에도 상황 판단이 빨랐고, 논리 정연했다.

그래도 제갈민은 불안한 듯 태천부를 힐끔거렸다.

"하지만……."

"걱정하지 마. 네 생각보다 천부는 튼튼하니까. 천부야. 할 수 있지?"

"응."

태천부는 자신 있게 고개를 끄덕였다.

수줍어서 말도 제대로 못 하던 아이인데, 같은 사람인가 의심스러울 정도로 자신감이 넘쳤다.

그러고 보니, 아이지만 어깨가 벌어지고, 근육도 발달되었다.

언제 저렇게 변했지?

그러고 보니 제갈민은 자신만 바라본다고, 다른 사람들을 보지 않았다는 걸 깨달았다.

두 사람은 놀라울 정도로 성장했고, 믿음직스러워 보였다.

제갈민은 그들을 믿고, 조심히 들것에 누웠다.

태천부가 말했다.

"호, 혹시 아프면 얘기해."

그리고 힘차게 발을 디디며 올라갔다.

후우. 후우.

규칙적인 숨소리가 들리면서 안정적으로 오른다.

비탈길이 높은 곳에서는 완전히 엎드려서, 손발을 전부 사용하면서 기어갔다.

그리고 미끄러운 곳에는 한 손에 뾰족한 나뭇가지를 들고 바닥을 찍으면서 한 걸음씩 움직였다.

태천화도 뒤에서 따라갔다.

위험하거나 힘들어 보이는 구간이 있으면 뒤에서 밀어주었다.

다행히 제갈민은 체구는 작은 편이다.

두 사람이 힘을 합하니, 위로 올라갈 수 있었다.

다만 두 사람 역시 똑같이 수련을 했었고, 상당히 지친 상태였다.

"허억. 헉."

"후우. 후우우."

금세 숨소리가 거칠어졌다.

입에서 나는 단내가 여기까지 풍겼다.

그런 모습을 보면서, 제갈민은 많이 미안해졌다.

'그러고 보니, 두 사람…… 아무리 힘들어도 불평을 하

지 않네.'

불과 두 살, 여섯 살 차이였다.

그런데 수련의 양은 제갈민보다 훨씬 많았다. 그래도 묵묵히 따라갔다.

덜컥.

갑자기 무엇에 걸린 것 같았다. 들것이 움직이지 않았다.

그러자 태천화가 뒤에서 들것을 붙잡았다.

"셋에 힘을 쓴다. 하나, 둘, 셋! 끄응."

두 사람은 힘을 쓰며 들것을 밀었다.

그때 제갈민의 바로 눈앞으로 태천화의 손이 보였다.

이렇게 가까이서 본 건 처음인 것 같았다.

자잘한 상처들이 많았다.

손톱이 뽑힌 흔적도 있었고, 손바닥 여러 곳에 피가 흐른 상처가 보였다.

굳은살이 보였고, 붕대를 감은 것도 보였다.

그 붕대에서 피가 흐르는 것을 보고, 제갈민은 깨달았다.

그녀 역시 아프고 고생하고 있었다.

'나 혼자 힘든 게 아니었어.'

그런데도 태천화는 항상 제갈민을 챙겨주었다.

일부러 차갑게 대답하고, 못되게 굴었는데도 싫은 소리 한 번 하지 않았다.

지금도 모른 척 지나갈 수 있었다.

산을 내려가서 어른들을 데려올 수 있었는데. 당연하다는 듯 제갈민을 도와주고 있었다.

쭈우욱.

갑자기 태천화가 미끄러졌다.

힘이 빠졌나 보다.

"괜찮아?"

제갈민이 걱정되어 소리쳤다.

태천화의 모습이 다시 보였다.

그녀는 빙그레 웃으며 말했다.

"괜찮아. 걱정 마."

그러면서 천부에게 말했다.

"휴우우. 천부야. 잠시 쉬었다 가자."

태천부도 고개를 끄덕이더니, 그나마 평평한 곳으로 끌고 갔다.

태천부도 엎드린 채로 쉬었다.

그리고 태천화는 큰 나무에 기대어 앉았다. 헉헉거리는 모습을 보고, 제갈민이 물었다.

"왜 나에게 잘해주는 거야?"

"응?"

"내가 못된 건 나도 알고 있어. 그런데 그쪽은 항상 나에게 잘해주잖아. 언니같이 굴면서."

"실제로 언니잖아. 그리고 너는 사제니까 당연히 챙겨줘야지."

태천화가 그런 식으로 말할 줄 알았다.

그런데 이상했다.

뻔한 대답인데도, 그런 말을 들었을 때 왠지 안심이 되었다.

기분이 나쁘지 않았다.

"부담 갖지 마. 사형제는 가족이나 다름없고, 가족이라면 당연히 해야 할 일을 하는 거니까."

역시 뻔한 말이었다.

너무 뻔해서 하품이 나올 것 같았다. 그런데도 그냥 울컥했다.

눈물이 나올 것 같아서 제갈민이 서둘러 입을 열었다.

"진서의 훈련이 힘들지 않아?"

"훈련? 휴우. 당연히 힘들지. 죽을 거 같아."

"도망가고 싶지?"

"그렇지. 도망가고 싶어. 멀리멀리."

하지만 태천화는 웃고 있었다. 그냥 장난스럽게 말한 것이다.

제갈민이 계속 바라보자, 그제야 진심을 얘기했다.

“그래도 참을 만해.”

“왜?

“점점 강해지고 있으니까.”

“강해지는지 어떻게 알아? 몸이 먼저 망가질 수도 있어.”

“하지만 철경 사부가 말했잖아. 진서 사부는 믿을 만하다고. 그럼 따라가야지.”

태천화의 논리는 간단했다.

그는 진서에 대해 잘 모른다. 어떤 사람인지, 무슨 일을 했는지, 성격이 어떤지 아직 잘 모른다.

하지만 철경을 믿었다.

철경이 몇 달 동안 같이 있으면서 지켜봤었고, 믿을 수 있는 사람이었다.

그가 추천한 사람이니까, 당연히 괜찮을 거라 생각하고 있었다.

그리고 그런 맹목적인 믿음이 있기에 버틸 수 있었다.

그건 태천부도 마찬가지였다.

그 순간 제갈민은 자신이 무엇이 부족한지 깨달았다.

믿음이다.

그녀는 아직 철경을 믿지 않았고, 진서도 믿지 않았다.

심지어 여불위의 무덤에서부터 진서를 보고 도움을 받았는데도, 태천화보다 믿지 않았다.

그러면서 계속 딴생각만 하고 있었다. 이런 고통을 참지 못하고, 쉬운 길만 찾고 있었다.

정말로 힘든 일인가?

도저히 극복할 수 없을 정도로?

아니었다.

할 수 있다.

정말 독하게 마음먹으면, 할 수 있는 수련들이었다. 객관적으로 그랬다.

제갈민은 입술을 깨물었다.

그리고 태천화를 힐끔거리며, 작게 말했다.

“고마워.”

“뭐라고?”

“도와줘서 고맙다고…… 사저.”

마지막 단어는 거의 들리지 않을 정도로 작았다.

하지만 태천화는 분명히 들었고, 태천부도 들었다.

이제야 제갈민이 마음을 열었구나.

그것을 깨달았고, 두 사람은 미소를 지었다.

그리고 알 수 없는 힘이 몸에서 생겨났다.

“좋아. 출발하자.”

“응.”

그렇게 두 사람은 열심히 위로 위로 올라갔다.

이 모든 상황을 지켜보는 사람들이 있었다.

그들은 높은 나뭇가지 꼭대기 모여 있었다.

그중 한 명인 진하 도장이 입을 열었다.

“저것 때문인가요? 저를 막으신 이유가?”

그는 자신의 뒤에 붙어서 목에 칼을 대고 있는 여자에게 물었다.

처음 제갈민이 발을 헛딛고 산비탈을 미끄러지는 순간에도 이곳에 있었다.

그때 곧바로 도와주려 했지만, 꼼짝할 수 없었다.

언제 나타났는지, 갑자기 뒤에서 나타나더니 목에 칼을 겨누었다.

“움직이지 마.”

그녀는 속삭였고, 그 후로는 꼼짝도 않고 가만히 있어야 했다.

그건 진호 도장과 판인보도 마찬가지였다.

그들은 태천화와 태천부가 나타나서 제갈민을 구해줄 때까지 가만히 지켜보았다.

진하 도장이 묻자, 그녀는 단검을 거두며 뒤로 물러났다.

갑자기 웃으면서 손을 흔들었다.

“놀랐지? 이제 가도 돼. 잘 가!”

하지만 진하 도장은 가지 않았다. 오히려 여인에게 말을 걸었다.

"혹시 저 아이들을 몰래 지켜주고 계신 겁니까?"

그녀는 대답하지 않았다.

갑자기 나타나듯, 갑자기 사라져 버렸다.

진하 도장은 너무 놀라서 한동안 멍하니 바라보았다.

조금 전에는 방심해서 당한 거라고 생각했다. 그런데 지금은 엄연히 보고 있는데도, 어디로 갔는지 알 수 없었다.

명백한 실력 차였고, 그 여자가 자신보다 고수라는 걸 인정해야만 했다.

그는 크게 숨을 뱉으며, 정신을 차렸다.

"역시, 무림은 넓구나. 고수들이 너무 많아."

그동안 무당진룡이라고, 대단하다고 들었던 말들이 크게 부끄러워지는 순간이었다.

가만히 지켜보던 진호 도장이 물었다.

"사형. 괜찮으세요?"

"나는 괜찮다."

다시 냉정한 표정으로 돌아오자, 진호 도장도 안심하는 것 같았다. 그녀에 대해 물었다.

"저 아이들의 스승일까요?"

"글쎄. 하지만 관련 있는 건 분명하지."

"아이들을 따라가 볼까요?"

"아니다. 우리에게는 할 일이 있잖느냐?"

개인적으로 호기심이 생기지만, 지나치기로 마음먹었다.

그들은 곧장 산을 내려가서 태전문을 찾아갔다.

그런데 아쉬워할 필요가 없었다.

사람들에게 물어서 태전문을 찾아갔는데, 그곳에서 아이들과 미지의 여고수를 다시 만난 것이다.

정확히 한 시진 후였다.

진서는 아이들을 내버려 둔 적이 한 번도 없었다.

항상 따라다녔었다.

물론 아이늘의 관계를 개선시키려는 의도는 아니었다.

한계를 넘을 수 있는 힘과 의지를 심어주기 위함이었다.

그런데 의외의 상황이 연출되고, 아이들이 극복하는 모습을 보이자, 재미가 쏠쏠했다.

'으음. 태천화에게는 의술을 가르치는 게 낫겠어. 그리고 태천부는 무공 쪽으로 한 단계 높여도 괜찮겠고. 제갈민 꼬맹이는 이제 적당히 풀어줄까?'

그런 생각을 하면서 태전문에 먼저 도착했었다.

나중에 태천화가 나타나면서 제갈민이 다쳤다고 말했다.

그때 산으로 다시 돌아가서, 제갈민을 자세히 살펴보았

다. 허리와 등을 다쳤지만, 심각한 상태는 아니었다.

간단히 응급치료를 하고, 곧장 의원에게 데려다주었다. 그리고 태전문으로 돌아왔다.

그때 태전문으로 들어가려는 진하 도장 일행과 마주쳤다.

서로를 알아보았고, 진서가 퉁명스럽게 물었다.

"너, 정말 끈질기구나. 따라왔니?"

"아닙니다. 여협. 저희는 따라온 것이 아니라, 태전문에 볼일이 있어서 찾아온 겁니다."

"그래?"

"하지만 이렇게 다시 만났으니, 인연인가 봅니다. 실례가 안 된다면, 성함을 여쭤도 되겠습니까? 저는 무당파의 진하라고 합니다."

"어쩐지, 도사 냄새가 폴폴 나더라니. 무당파였니?"

그러면서 장난스럽게 코를 막았다. 그녀는 대답않고, 먼저 안으로 들어가려 했다.

진호 도장이 따라오면서 물었다.

"여협. 성함은요?"

"실례야. 그러니까 묻지 마라."

하지만 진하 도장은 다시 물었다.

"그럼 혹시 곤륜파의 산호 도장을 알고 계십니까?"

그제야 진서는 걸음을 멈추었다.

뒤돌아보면서 물었다.

"산호를 만나러 온 거야?"
"네엡. 잘 아십니까?"
"알지. 그런데 어떡하냐? 지금 여기 없는데."
진하 도장은 놀라서 다시 물었다.
"여기 있다고 해서 찾아왔는데요. 혹시 어디 있는지 아십니까?"
"아마 땅 파고 있을 걸?"
"네에?"
들으면 들을수록 더 궁금해지는 말투였다.
세 사람은 진서를 따라가면서 계속 물었다.

따앙. 땅.
우르르.
산호 도장은 곡괭이를 힘차게 내려쳤다.
그리고 곡괭이를 당기자 한 무더기의 흙이 쏟아졌다.
엄청난 힘이었다.
하지만 산호 도장의 표정은 밝지 않았다. 뭔가 불만 섞인 얼굴이었다.
"쯧쯧. 자네는 아직도 힘으로 괭이질을 하는군."
"아, 오셨습니까? 어르신."

뒤에서 말을 거는 남자는 오십이 넘은 노인이었다.

수염이 덥수룩하고, 키가 작았다. 그런데 어깨는 산호도장보다 넓고, 팔뚝은 산호도장의 두 배였다.

그는 광부였다.

그것도 사십 년이 넘도록 광산에서 일했고, 여기 광부의 수장에 해당되는 인물이었다.

노인은 산호에게 손을 내밀었다.

산호는 자신이 들고 있던 곡괭이를 주었고, 뒤로 물러섰다.

노인은 손바닥에 침을 뱉으며 중얼거렸다.

"퉷. 잘 봐. 괭이질은 무작정 힘으로 하는 게 아니야. 쇳덩이 무게로 내리치는 거지. 우리가 해야 할 일은 바위의 결을 보고, 거기에 꽂아넣기만 하면 돼."

그러면서 곡괭이를 내려쳤다.

쿠우웅.

놀라웠다.

단 한 번의 괭이질에 거의 반 이상이 파고들었다. 그리고 별로 힘도 주지 않는데도 큰 바윗덩어리가 떨어져 나왔다.

무림인인 산호보다 훨씬 나은 솜씨였다.

산호도 두 달 동안 계속 봤지만, 볼 때마다 감탄스러웠다.

'어떤 일이든 한 가지 일에 집중하면 대가(大家)가 된다더니.'

노인은 곡괭이질에 있어서는 화경의 경지에 이른 고수 같았다.

산호은 감탄하면서 곡괭이를 돌려받았다.

그리고 바위를 유심히 살폈다. 노인이 언급한 바위의 결을 보기 위해서였다.

하지만 알 듯 하면서도 모르겠다.

바위 내부를 볼 수 없는데, 어떻게 결을 알 수 있단 말인가?

아무리 안력을 높여도, 바위의 문양을 살펴도 그런 것은 보이지 않았다.

그렇게 고민하면서, 다시 한 번 곡괭이를 내리찍었다.

따앙. 땅.

그는 집중해서 땅을 파기 시작했다.

지금 산호 도장만 열심히 하는 것이 아니었다.

주변에 있는 수십 명의 광부와 혈랑대 대원들이 모두 땀을 흘리고 있었다.

두 달 동안 합을 맞추었고, 이제는 일사불란하게 움직이고 있었다.

그리고 한 시진 뒤였다.

누군가 소리쳤다.

"뚜, 뚫렸다."

사람들은 놀라서 하던 일을 멈추었다.

동굴 안으로 들어갔고, 모두 환호성을 질렀다.

"와아아."

"끝이다. 드디어 끝났어."

"거기 통로는 어때? 들어갈 수 있어?"

"충분해. 아래쪽은 멀쩡해!"

"휴우."

드디어 해낸 것이다.

두 달 만에 땅을 파내고, 만무당의 보물 창고에 이어지는 통로를 만들었다.

굉장히 힘들었지만, 지금 이 순간만큼은 보상을 받은 기분이다.

사실 하나같이 몰골이 말이 아니었다.

백여 명이 넘는 사람들이 전부 시커멓고 더러운 얼굴을 하고 있었다.

너무 검어서 이빨만 하얗게 보일 지경이었다.

이 개월이 넘도록, 죽도록 땅만 판 결과였다.

이어서 지하갱도를 다듬고, 아래쪽과 연결했다.

다행히 안쪽에 있는 물건들은 모두 멀쩡했다.

그것들을 밖으로 꺼낼 수 있게 갱도를 넓히고, 수레를 이용해서 밖으로 빼냈다.

그 작업을 진행하는 동안, 남관우는 발 빠르게 움직였다.

이미 근방에서 유명한 표국도 섭외해 놨었다.

그들에게 연락하여, 표행을 준비했다.

다음 날, 수십 대의 짐마차가 산 위로 올라왔다. 땅속에서 물건들을 꺼내는 즉시 마차에 실었고, 곧바로 출발 준비를 했다.

이대로 태전문까지 옮길 생각이었다.

잠도 안 자고 밤새도록 작업했고, 다음 날 아침에 모든 작업이 마무리되었다.

남관우는 광부의 수장에게 다가갔다.

"정말 수고 많으셨습니다."

"으하하. 다행이야. 약속을 지킬 수 있어서."

노인은 크게 웃으며 만족했다.

사실 여기 있는 대부분이 광부 출신이었다. 돈을 세 배 준다고 약속했었고, 밤낮을 가리지 않고 일을 했었다.

"여기, 약속한 돈입니다."

"허허. 이렇게 빨리 안 줘도 되는데."

"저희가 시간이 없어서요. 그리고 돈은 조금 더 넣었습니다. 몸도 씻고 술도 한잔하십시오."

"하하. 고맙네."

그리고 남관우는 당부의 말도 잊지 않았다.

"처음에 말씀드렸듯이, 여기서 있었던 일들은 전부 비밀로 해주십시오."

"물론이오. 저 친구들에게도 다 말해놨으니, 비밀을 지킬거요."

그 말을 믿진 않았다.

입이 싼 사람도 있을 테고, 술 마시다가 무용담처럼 입을 열기도 할 것이다.

중요한 건 물건을 운반할 때까지만, 비밀을 유지하면 된다.

그래서 최대한 빨리 떠나려 했다.

남관우는 태전문까지 운반하는데, 십칠 일로 예상했다.

그럼 백 일의 약속 시간에도 넉넉히 맞출 수 있었다.

"자아, 출발합시다."

남관우가 소리쳤다.

두두두두.

보물을 실은 마차들이 달리기 시작했다.

5장

마차가 출발하기 직전에 산호는 마차에 올라탔다.

남관우의 옆에 앉았다.

두 사람은 그동안 친해졌고, 남관우는 수통을 내밀었다.

"도장님, 고생 많으셨습니다."

산호는 수통을 받아 물을 마셨다. 그리고 얼굴을 닦으면서 대꾸했다.

"저야 괭이질만 했는데요. 귀중한 경험이었고, 많이 배워서 좋았습니다."

"항상 열심히 하는 모습이 보기 좋습니다."

"대주님이야말로 고생하셨습니다. 사람들을 이끄는 모습이 정말 인상적이에요."

그냥 하는 말이 아니라, 남관우의 힘이 컸다.

그가 있었기에 이렇게 빨리, 그리고 아무런 사고 없이

끝낼 수 있었다.

철경이 사람은 제대로 뽑았구나.

그런 생각이 들었다.

"아무튼 이제 돌아가기만 하면 끝나네요."

"네에. 최대한 빨리 움직일 생각입니다."

"시간은 아직 여유가 있지 않나요?"

"시간을 걱정하는 게 아닙니다."

남관우는 뒤에서 따라오는 수레들을 가리켰다.

무려 수레 스물다섯 대였다.

굉장한 규모였고, 사람들의 시선을 끌기에 충분했다.

"일부러 허름해 보이는 수레에 낡은 상자 안에 보물을 담았지만, 혹여나 사람들이 내용물을 안다고 생각해 보십시오. 족히 몇 백만 냥의 값어치가 있는 물건인데, 그냥 넘어가겠습니까?"

"훔치려 하겠군요."

"네. 그래서 최대한 빠르고 조용히 이동할 생각입니다. 사실, 파내는 것도 중요하지만, 무사히 운반하는 일이 더 걱정입니다."

설명을 들은 산호도 고개를 끄덕였다.

그러면서 남관우를 위로했다.

"그래서 청해에서 두 번째로 큰 표국을 불렀잖습니까? 그리고 태전문에 전서구도 보냈고요. 진서 여협이 오시면 아무런 문제가 없을 겁니다."

"네. 계획대로 되면 좋겠지만…… 왠지 불안하네요."

남관우는 그 말을 하면서도 스스로 다독였다.

수장이 불안하면, 전부 불안해한다. 그러니 억지로라도 태연한 모습을 보여야 했다.

'그래. 산호 도장의 말이 맞다. 준비할 수 있는 건. 다 준비했어. 잘될 거야.'

그때 곽우영이 말을 타고 달려왔다.

혈랑대원 두 명과 함께였다.

"그럼 대주님. 제가 먼저 출발하겠습니다."

"그래. 무슨 일 생기면, 바로 후퇴해. 무리하지 마라."

곽우영이 선발대 역할을 할 것이다.

일행보다 백여 상 정도 앞장서면서 길을 살피는 역할을 자처했다.

남관우는 갑자기 생각나서 그녀에게 물었다.

"참, 진운태는 어디 있어?"

"그 녀석은 후발대에 있습니다. 광부들을 보내고, 산에 남은 물건을 정리하고 따라 온다고 했습니다."

"그래?"

조금 이상했다.

진운태에게 그런 부탁을 한 적이 없었다.

그런데 왜 스스로 후발대로 온다는 거지?

곽우영은 남관우의 표정을 보더니, 일부러 밝게 말했다.

"걱정 마십시오. 그놈 얼굴이 예전보다 많이 좋아졌습니다."

"그런가?"

"네. 그놈보다는 이번 표행에 신경을 더 쓰세요."

"아무튼 알았다. 수고해라."

"네. 이랴."

곽우영은 말을 타고, 힘차게 앞으로 나아갔다.

그 모습을 보면서 남관우는 애써 마음을 다졌다.

'그래. 저 녀석들도 열심히 하는데, 나도 힘내자.'

그는 열심히 한 만큼, 잘될 거라 믿었다.

곽우영의 말대로 진운태는 뒷정리를 위해서 남았다.

하지만 오직 그것 때문이 아니었다.

지금 그는 누군가를 만나고 있었다.

"정말이오? 정말, 그것만 알려주면, 십만 냥을 바로 주는 거요?"

"눈으로 직접 확인하시오. 십만 냥 치의 금원보이니까."

하얀 가면을 가진 이가 작은 상자를 내밀었다. 상자를 열자, 누런 황금빛이 가득했다.

진운태의 눈빛이 흔들렸다.

어차피 오른손을 잃어버려 낭인 생활은 할 수 없었다.

그렇다고 다른 직업을 갖기도 곤란했다.

돈도 없었다. 여불위의 무덤 일에 그동안 모은 돈을 전부 투자했으니까.

결국 빈털터리에 아무것도 할 수 없는 병신이 되었다.

'대주가 챙겨준다고 하지만, 그것도 한계가 있지.'

혈랑대를 재건하려면 큰돈이 필요하다는 걸 알고 있었다.

지금은 위하는 척하지만, 곧 버려질 게 뻔했다.

결국 본인이 살아날 길은, 본인이 직접 개척해야 한다.

'그래. 이번 기회를 놓치면 안 돼.'

진운태는 결심했다. 살아남기 위해 본인만 생각하기로.

"좋소. 내가 아는 모든 걸 말해주겠소."

"잘 생각했소."

가면을 써서 보이지 않지만, 하얀 가면을 쓴 이는 만족스럽게 웃었다.

그는 사흑파의 백면객이었다.

다음 날 태전문.

태조인이 한숨을 쉬며 내전으로 들어갔다.

마침 지나가던 태무경은 그를 맞이했다.

"아버님. 이제 오시는 군요. 가셨던 일은 잘되셨습니까?"

"으음. 그게…… 생각만큼 잘 안 되는구나."

요즘 태조인은 덕령합의 부호와 지주들을 만나고 있었다.

돈을 빌리기 위해서다.

최근 삼대룡에 관한 소문도 있었고, 의뢰한 일들도 잘 해결했었다.

그래서 태전문도 자리를 잘 잡았고, 다들 반갑게 맞아주었다.

한데 돈을 빌리는 것만은 달랐다. 이상하게도 이런저런 핑계를 대면서 거절했다.

아니면 빌려주더라도 천 냥, 이천 냥 정도의 돈만 가능하다고 선을 그었다.

태무경도 갸웃거렸다.

"이상하군요. 며칠 전만 해도 도움이 필요하면 언제든지 찾아오라고 하더니."

"그래. 나도 부탁만 하면, 최소 몇 만 냥 씩 빌릴 수 있을 줄 알았다. 그런데 오직 장학비 장주만 큰돈을 빌려준다고 하더구나."

"얼마나요?"

"오십만 냥."

"오오. 그 금액도 적지 않습니다."

"감사한 일이지. 그런데 다른 사람들의 태도가 신경이 쓰여서 걱정이구나."

두 사람은 골몰히 고민했지만, 이유를 찾을 수 없었다.

마침 경아인이 태전문을 찾아왔다.

그리고 그가 시원하게 이유를 밝혀주었다.

"아마도 천안검문 때문일 겁니다."

"천안검문? 감숙성의 대문파 말인가?"

"네. 최근 천안검문 무사들이 덕령합에 보인다고 들었는데요. 그저께 공식적으로 발표했습니다. 이곳에 천안검문 분파를 세우겠다고요."

"허어."

"그것뿐이 아닙니다. 청해, 감숙성, 사천성의 크고 작은 문파들도 이곳에 관심을 보이고 있습니다. 분파를 세울 장소를 물색한다고 들었습니다."

또한 난독으로 움식이는 설성 고수들이 자신만의 문파를 세우려 한다는 얘기도 했다.

"이제 덕령합은 춘추전국시대처럼 문파간의 경쟁이 심각해질 것 같습니다. 아마 그것 때문에 상인이나 토호들이 투자를 안하는 겁니다. 신중하게 분위기를 보고, 적절한 때가 오기를 기다리는 거죠."

"역시 보급진지 때문인가?"

"그렇죠."

"휴우. 앞으로 쉽지 않겠구나."

태조인과 태무경은 한숨을 쉬었다.

이제 겨우 자리를 잡았는데, 하필이면 근처에 보급진지를 세우다니.

마을이 커지는 건 좋지만, 그것 때문에 경쟁이 치열해지는 건 원치 않았다.

경아인이 물었다.

"아, 철경 대협이 떠나시기 전에 했던 말이 있잖습니까? 제갈민이란 아이하고 상의를 해보라고요. 혹시 제갈민에게 물어보셨습니까?"

"그게…… 진서 여협에게 훈련을 받다가 크게 다쳤거든. 어제 의원에서 돌아와서 서쪽에서 쉬고 있다네."

"그래도 한 번쯤은 물어보면 어떨까요?"

"제가 다녀오겠습니다."

태무경이 나섰다.

그러잖아도 태천화, 태천부가 걱정이 되던 차였다. 이번 기회를 핑계로 아이들을 만나면 좋을 것 같았다.

태무경은 혼자 서쪽 별관으로 향했다.

그런데 가는 길에 한 사람을 먼저 만났다.

"아, 총관님 안녕하십니까?"

며칠 전에 찾아온 무당파의 진하 도장이었다.

그는 산호 도장을 만나고 싶어 했고, 그때까지만 태전문에 머물기로 했었다.

"진하 도장님. 지내시는 데 불편함은 없으신지요?"

"괜찮습니다. 염치없지만, 너무 만족하고 있습니다."

"다행이군요."

"혹시 산호 도장에게서 온 연락은 없었나요?"

"네. 하지만 조만간 약속날짜가 다가오기 때문에 연락이 올 겁니다. 연락이 오면 바로 알려드리죠."

"감사합니다."

태무경은 인사한 뒤, 계속 서쪽 별관으로 향했다.

우당탕탕.

갑자기 한 인물이 날아와서 땅바닥에 처박혔다.

보기만 해도 아파보였다. 하지만 그는 벌떡 일어났고, 재빠르게 앞으로 달려갔다.

그는 원주였다.

이제 보니 경공을 원활하게 사용했다. 움직임을 보니, 아버지만큼이나 빠른 것 같았다

'허어. 그렇게 얻어맞으면서 배우더니, 굉장히 강해졌구나.'

태무경은 보면서 감탄했다.

원주는 월등한 신체를 적절히 활용할 줄 알았다.

달려가는 그대로 몸을 뛰우면서, 무릎을 내리찍었다.

하지만 상대는 진서였다.

그녀는 너무나 쉽게 피했다. 심지어 하품까지 하면서 손을 슬쩍 흔들었다.

쿠우웅.

원주는 큰 충격을 받으면서 공중에서 빙그르 돌았다.

충격을 최소화시켰지만, 거꾸로 떨어졌다. 머리부터 바닥에 떨어졌고, 자칫 크게 다칠 수도 있었다.

"어엇."

태무경은 놀라서 자신도 모르게 소리쳤다.

하지만 그 순간 원주는 허리를 튕기면서, 한 팔로 바닥을 쳤다. 동시에 양다리를 교차로 휘두르며 공중에서 몸을 돌렸다.

그러면서 심지어 진서의 머리를 때리려 했다.

놀라운 체술이었고, 이기려는 의지가 강했다.

퍼억.

하지만 진서가 다리를 들어 원주의 배를 걷어차면서 무산되었다.

진서는 원주를 날려 버리면서 소리 질렀다.

"야. 이게 잔재주만 늘어 가지고. 초식 하나하나에 온 힘을 다하란 말이야. 계속 파리처럼 앵앵거릴래? 덩치가 아깝다!"

그 말에 태무경은 웃음이 흘러나왔다.

파리처럼 앵앵거린다고?

원주의 발차기면 바위도 깨뜨릴 것 같은데.

그렇게 몇 차례 공방이 오가더니, 마침내 원주는 뻗어버렸다.

"어휴. 귀찮은 새끼. 이젠 기절도 잘 안 한다니까."

이제 맞는 것도 요령이 생겨서, 웬만해선 잘 쓰러지지 않았다.

그녀는 기절한 원주를 바닥에 두고, 태무경을 반겼다.

"어머, 총관이잖아. 어쩐 일이야?"

방그레 웃는 모습만 보면, 부드럽고 아름다운데.

하지만 조금 전 원주와 싸울 때의 모습을 봤기에 오히려 괴리감이 생겼다.

태무경은 조심스럽게 물었다.

"흠흠. 저어, 제갈민과 잠깐 이야기를 나눠도 되겠습니까?"

"그래. 서기 있는 연부장에서 수련하고 있어."

"네? 벌써 수련을 합니까? 몸이 다 나았나요?"

"무슨 소리야? 적이 몸이 다 나을 때까지 기다려준대? 그냥 움직일 수 있으면 수련하는 거지."

참으로 진서다운 대답이었다.

태무경은 인사를 하고, 가려 할 때 진서가 붙잡았다.

"참, 며칠 전에 먹었던, 그 요리 있잖아. 돼지고기 찜 비슷한 거였는데?"

"아, 오향장육요?"

"그거 너무 맛있던데."

“알겠습니다. 오늘 저녁에 준비해 놓겠습니다.”

“호호. 고마워. 총관. 야. 이 새끼야. 지금 어르신 말씀중이잖아.”

퍼억. 퍽.

그사이 원주가 깨어나서, 뒤에서 달려든 것이다.

진서는 버럭 소릴 지르며, 양손을 흔들었고, 다시 원주는 오 장 너머로 날아갔다.

이번엔 진서도 화가 났는지, 원주를 쫓아가서 패기 시작했다.

“이 버릇없는 것아. 죽어. 죽어!!”

퍼퍼퍽. 퍼억.

설마 저러다 진짜 죽는 건 아니겠지?

그 정도로 심각하게 맞고 있었다.

그런데 그런 와중에도 원주의 목소리가 들렸다.

“초, 총관! 나, 나도 오향 고기, 으윽. 오향 고기 먹고 싶다 아아악.”

“거, 걱정 마십시오. 많이 준비하겠습니다.”

“고, 고맙다. 으아아악.”

“이 새끼가 감히 나한테 맞으면서 인사까지 해? 오냐 오늘 진짜 죽어보자.”

그녀의 손이 밝게 빛나는 것이 강기까지 끌어내는 것 같았다.

태무경은 차마 그 모습까지는 볼 수 없었다.

서둘러 자리를 벗어났다.

작은 연무장으로 가니, 그곳에서는 허종과 아이들이 보였다.

그들은 대련을 하고 있었다.

그런데 그 모습이 생각보다 과격했다.

아이들이 공격하고, 허종은 방어만 하는 것이 아니었다.

그들은 공수를 교환했고, 마치 천적을 만난 사람처럼 진심으로 싸웠다.

"으리라챳."

허종이 태천부의 다리를 잡고 집어 던졌다.

태천부는 머리부터 떨어졌고, 상당히 위험해 보였다.

태무경은 놀라서 소리를 지를 뻔했다.

그런데 태천부는 마치 다람쥐처럼 공중에서 몸을 돌리더니, 땅바닥에 구르면서 착지했다.

안전하고 깔끔했다.

한두 번 해본 솜씨가 아니었다.

태천화 역시 마찬가지였다.

경공을 밟으며, 빠르게 허종의 좌측으로 파고들었다. 주먹을 찔러 넣는데, 제법 바람 소리가 매서웠다.
동시에 제갈민은 우측으로 들어갔다.
바닥에 붙을 정도로 낮았고, 태천화와 연합하여 허종의 다리를 공격했다.
멋진 연계였다.
"이 지긋지긋한 것들아!"
허종은 짜증을 내면서 양손으로 휘둘렀다.
태천화의 주먹을 막으면서 그녀의 어깨를 쳤다.
동시에 몸을 비틀면서 뒷발로 걷어찼다. 제갈민은 얼굴에 맞았고, 데구르르 굴렀다.
입술이 터졌는지 피가 흘러내렸다.
하지만 제갈민은 소매로 한 번 쓰윽 닦은 후, 다시 허종에게 달려들었다.
그녀역시 독기가 보통이 아니었다.
"자, 잠깐만요. 잠깐만 휴식 시간을 가집시다."
태무경은 크게 소리쳤다.
하지만 아무도 듣지 못했다.
그 후에도 한참이나 싸웠고, 아이들 세 명이 완전히 쓰러진 후에야 겨우 멈추었다.
"허어억. 허억."
"헉. 헉."
"휴우우."

허종은 한숨을 쉬면서 땀을 닦았다. 그제야 태무경을 발견했다.

그는 머쓱한지 변명하듯 말했다.

“흠흠. 총관님. 그게 진서 누님이 시켜서 어쩔 수 없이…….”

“아닙니다. 이 사부님. 저는 괜찮습니다. 신경 쓰지 마십시오.”

“감사합니다.”

그리고 일부러 자리를 피해주었다. 그러면서 태무경에게 전음을 보냈다.

[아이들의 실력이 정말 크게 늘었습니다.]

태무경은 그 말에 안심했다. 그리고 여러 사람에게 고마움을 느꼈다.

‘오향장육을 맛있게 해야겠군.’

그렇게 다짐하면서 태천화와 태천부에게 다가갔다.

“괜찮으냐?”

“네.”

“보기와 다르게 이사부님이 잘해주세요. 걱정 마세요.”

“그래. 잘하고 있구나.”

짧게 얘기했지만, 태무경은 웃을 수 있었다.

그리고 제갈민에게 물었다.

“몸은 괜찮으냐?”

"네."

제갈민은 짧게 대답했다.

말투는 예전과 비슷하데, 분위기는 조금 달라진 느낌을 받았다.

왠지 즐기는 것 같았다.

'다행히 적응을 잘하고 있구나.'

태무경은 속으로 생각하며, 제갈민에게 찾아온 이유를 설명했다.

"사실 마을의 부호들을 찾아갔었다. 돈을 빌리려 했는데, 잘 안 됐어. 아무래도 그들도 눈치를 보는 것 같은데…… 사실 이곳에 다른 문파들도 분파를 만드는 상황이라서……."

제갈민은 태무경의 설명을 가만히 들었다. 다 들은 후에 물었다.

"부호들을 찾아가서 왜 돈을 빌려야 하는지 이유를 설명하셨나요?"

"아, 그게…… 자세한 상황을 설명할 수가 없지. 반건위와의 내기 때문이라고 말하기 힘드니까."

"그러니까 돈을 빌리기 더 힘든 거예요. 그런 사람들을 설득시키려면 눈에 보이는 것이 있어야 해요."

제갈민은 문제점을 단숨에 파악했다. 그리고 해결책까지 알려주었다.

"이 마을의 현령이 공수의라고 했죠? 그를 찾아가세요.

그리고 관에서 진행하려는 사업이 있으면 달라고 하세요."

"관에서 진행하는 사업?"

"보통은 관에서 직접 진행하지만, 대규모 사업은 사람들을 모집해서 그들에게 맡겨요. 예를 들어 마장 관리나, 길을 닦는 일 같은 것 말이죠."

"으음."

"이 근처에 대규모 보급 진지가 들어선다고 했죠? 그럼 분명 길을 닦는 사업이 진행될 겁니다. 아마 다른 문파들도 노릴 텐데, 그걸 태전문에서 가져오세요."

"그냥 달라고 하면 줄까? 우리 같은 작은 문파한테?"

태무경이 걱정스럽게 물었다.

"너무 큰 사업이면 안 줄 수도 있죠. 하지만 공수의 현령이 지난번에 우리 도움을 받았잖아요. 분명히 도와주려 할 겁니다."

"알았다."

"그런 사업을 하나 딴 뒤에 부자들을 찾아가세요. 그리고 돈을 빌려달라고 하면, 이전보다는 많이 빌려줄 겁니다."

대답은 명확했다.

그토록 복잡한 일이 간단하게 느껴졌다.

태무경은 제갈민에게 감탄했다.

'어린 나이에 대단하구나.'

태무경은 내전으로 돌아가서 태조인과 경아인에게도 알

려주었다.

그러자 경아인도 손뼉을 치며, 찬성했다.

"맞습니다. 분명 관에서 그런 일을 하기도 합니다. 여러 사람들이 지원하면 입찰을 하죠. 그리고 그중 하나라도 낙찰을 받으면 돈을 빌리기 수월해 질 겁니다."

"그럼 내가 직접 현령을 찾아가보마."

태조인은 곧바로 공수의 현령을 찾아갔다.

공수의 현령은 태조인을 무척 반겼다. 그리고 태조인의 부탁을 들은 후에 웃으면서 말을 꺼냈다.

"하하하. 그러잖아도 오늘 아침에 공문을 받았소. 내년에 대규모 보급 진지를 건설할 계획이니, 지금부터 길을 닦으라고요."

"정말 잘됐군요."

"그런데 선정 방법이 문제요. 후보는 내가 선정하나, 낙찰을 결정하는 이는 내가 아닙니다. 절도사께서 진행하실 거요."

"아, 그러시군요."

태조인은 살짝 실망했다.

후보가 된다고 한들, 태전문 같이 작은 문파는 선정될 가능성이 낮기 때문이다.

그러자 공수의 현령은 소리를 낮추면서 정보를 주었다.

"흠흠. 사실 이건 비밀인데."

"비밀은 지키겠습니다."

"혹시 천안검문이라고 들어보셨소?"

"네. 알고 있습니다."

"감숙성에 있는 대문파라고 하던데, 어찌 알았는지 벌써부터 우리 절도사님을 찾아가고 있소. 귀중한 물건을 바치면서 점수를 많이 딴 것 같던데. 어쩌면 이미 내정된 것일 수도 있소."

"그럼, 저희 문파에게는 기회조차 없겠군요."

공수의 현령은 빙그레 웃었다.

"하하. 벌써부터 포기하면 되겠소? 내가 우리 절도사님과 친한 사이기도 하고, 자릴 한 번 마련해 주겠소. 그러니 태전문도 한 번 준비 해보시오."

"정말 감사합니다. 현령님."

공수의 현령은 그래도 태전문을 도와주려 했다.

자리까지 마련해 준다면, 아직 기회는 있는 셈이다.

태조인은 어떻게 절도사의 마음을 돌릴지 고민하면서 태전문으로 돌아갔다.

경아인은 내용을 들은 후에 큰소리쳤다.

"문주님. 걱정 마십시오. 제가 절도사에 대해서 철저히 조사해 보겠습니다. 약점이 있는지, 좋아하는 것이 무엇인지 금방 알아 올게요."

그러고는 대답도 듣지 않고, 달려가 버렸다.

대략 이삼 일 걸릴 거라 생각했다.

그런데 웬일인지, 반 시진도 안 되어 경아인이 다시 돌아왔다.

"허어. 벌써 조사를 끝냈는가?"

"아닙니다. 장주님. 큰일 났습니다."

경아인의 얼굴은 몹시 상기되어 있었다. 태조인은 심각성을 깨닫고 다시 물었다.

"무슨 일인가?"

"혈랑대의 남관우 대주로부터 전언이 왔습니다. 추신검문의 만무당에서 물건을 꺼냈고, 지금 태전문으로 오는 중이라고 합니다."

"잘됐군. 우리도 마중 가면 되겠어."

"네. 생각보다 보물이 많아서 태전문에서도 사람을 보내어 지원해 달라는 내용도 있었습니다."

거기까지는 좋은 내용이었다.

그 후가 문제였다.

"왜? 뭔가 더 있는가?"

"그게…… 지금 소문이 퍼졌습니다. 멸문한 추신검문의 비밀창고가 존재하는데, 굉장한 보물이 숨어 있다. 추신검문은 멸문했기 때문에 갖는 자가 임자다."

"그런 소문이 퍼졌다고."

"네. 거기에 여러 가지 소문이 부풀려져 있는데, 그중에는 제법 정확한 것도 있습니다. 태전문이 보물을 파냈다는 것과 지금 태전문으로 이동하고 있다는 내용도 있습니다."

태조인의 안색이 흙빛으로 변했다.

무림인들의 보물에 대한 인식이 어떤지 알고 있었다.

소문은 확장되고 확대되어, 많은 이들을 불러들인다. 그리고 결말은 항상 좋지 않았다.

태조인은 급히 판단을 내렸다.

"으음. 일단, 혈랑대를 도와주러 가야겠네. 소문이 여기까지 퍼질 정도면, 벌써 보물을 노리는 자가 있을 거야."

"네. 저도 준비를 하겠습니다."

그렇다고 전부 다 이동할 수는 없었다.

그리고 태전문에 사람을 남기기도 곤란했다.

태전문이란 이름이 퍼졌기 때문이다.

'혹여나 나쁜 마음을 먹은 무리가 집으로 올 수도 있다.'

그는 서둘러 태무경을 불렀다.

지금 상황을 설명하고, 간략히 말했다.

"너는 사범들을 제외하고, 문도들은 모두 집으로 보내라. 그리고 당분간 오지 말라고 일러라."

"네."

"그리고 아이들과 함께 현령에게 가서 숨어 있어라."

"알겠습니다."

그리고 진서에게 가서 부탁했다.

"아무래도 상황이 급한 것 같은데, 같이 가주시겠습니까?"

"그러니까 우리 보물을 노리는 놈들이 있다는 거지? 당연히 가야지."

"혹시 저희도 가도 됩니까?"

무당파의 진허 도장이었다.

태조인은 그의 실력을 알기에 그의 말을 반겼다.

"당연히 되지요. 도와주신다면, 그 은혜 잊지 않겠습니다."

"며칠 간 식객으로 있었는데, 당연히 도와드려야죠. 그리고 산호 도장도 걱정되고요."

하지만 판인보는 무공이 약해 걱정되었다. 그만은 집으로 돌려보냈다.

그렇게 하여 진서, 태조인, 허종, 경아인, 진허와 진호 도장, 태전문의 사범 다섯 명은 태전문을 떠났다.

"으아아악."

"막아라."

"돌진하라. 뚫고 지나간다."

전쟁이었다.

서로 죽이려 들었고, 피가 흐르고 시체는 쌓여갔다. 태전문의 표행은 점점 힘들어지고 있었다.

처음에는 산적이었다.

얼굴을 가린 무리들이 길을 막고 산적이라고 우겼다.

그들은 마차 속에 뭐가 있는지 물었고, 검을 뽑고 내놓으라고 우겼다.

그때는 혈랑대에서 나설 것도 없었다.

백 명이 넘는 표사들이 있었기에, 그들만으로 물리쳤다.

하지만 그때부터 시작이었다.

경쟁이라도 하듯, 여기저기서 산적들이 나타났다.

하나같이 복면으로 얼굴을 가렸다.

그들은 모두 본인을 산적이라 우기면서 마차 속 물건을 뺏으러 들었다.

"크흑."

"으아악."

"도, 도망가자."

벌써 열 번째 산적을 물리쳤다.

삼 일 만에 산적을 열 번이나 만난다?

분명 뭔가 잘못되었다.

그것도 한참 잘못되었다.

이렇게 갑자기, 이렇게 많이 나타날 이유가 없었다.

남관우는 고민 끝에 그들 중 한명을 붙잡았다. 고문까지 불사하면서 이유를 물었다.

그리고 알아냈다.

소문이 퍼지고 있다는 걸.

표행을 이끄는 수뇌부가 한자리에 모였다.

먼저 곽우영이 화를 내며 소리쳤다.

“빌어먹을, 도대체 누가 소문을 퍼뜨린 걸까요?”

“으음.”

“그것보다 앞으로 어떡할지, 그것부터 정해야 합니다.”

이번 표행은 청해에서 두번째로 큰 왕인표국에게 맡겼다.

그리고 왕분은 표국주의 동생으로 경험이 많은 대표두였다.

혈랑대의 남관우와도 개인적으로 아는 사이였고, 큰돈을 제시해서 직접 온 것이다.

현재 속으로는 후회할지언정, 배신할 정도로 의리가 없지는 않았다.

지금도 문제가 생기자, 피하는 것보다 해결책을 찾으려고 애썼다.

남관우는 다행이라 생각하면서 머리를 짜냈다.

“더 빨리 움직이면 어떻소?”

“어렵습니다. 물건이 내 생각보다 많아서, 평소보다 마차에 많이 실었습니다. 만약 지금보다 더 빨리 달리면, 바퀴가 버티지 못할 겁니다.”

곽우영이 지도를 보면서 물었다.

"원래 우리 계획이 중간 지점부터 배를 타고 이동하는 거잖아요. 그럼 배를 아래쪽으로 불러서 조금 더 빨리 배를 타면 어떨까요? 강줄기는 여기까지 이어지던데."

강줄기는 위에서 아래로 길게 이어지고 있었다. 그 중간 지점을 가리키며 물었다.

"으음. 그것도 쉽지 않소. 약속 장소 밑의 강줄기는 좁은 편입니다. 만약 거기서 공격을 받으면 힘들어요. 양쪽 육지에서 배로 뛰어내릴 수도 있으니까."

"그럼 왕 국주의 생각은 어떻소?"

남관우의 물음에 왕분은 진지하게 고민했다.

왕인표국의 대표두 왕분은 한참후에 말했다.

"전문가 입장에서 대답 드리겠습니다. 제일 좋은 방법은 물건을 포기하는 겁니다. 현재 소문이 퍼질 때로 퍼진 것 같은데, 그럼 더 많은 사람들이 달려들 겁니다. 이대로는 우리 목숨이 전부 위험해요."

"휴우. 우리도 의뢰를 받은 걸 알잖소. 안 됩니다."

"그럼…… 도움을 청해야죠."

"도움을? 누구에게?"

"이제부터 고민해 봐야죠. 다만 누구도 덤비지 못할 만큼 강한 세력이어야 합니다."

남관우는 고민했다.

이 근처에서 가장 큰 세력이 누굴까?

사실 이 지역은 과거 추신검문의 세력권이었다. 따라서 주변에는 큰 문파가 없었다. 그리고 그들이 멸문했으니, 무주공산이나 다름없었다.

그리고 생각나는 곳이 사흑파였다.

여불위의 무덤 건으로 세력이 줄어들었다고 하지만, 여전히 청해 제일의 문파였다.

또 문주가 건제하기 때문에 여력이 있었다.

'그쪽은 안 돼. 욕심이 과해.'

아마 도와달라고 하면, 보물을 다 뺏길 수도 있었다.

그리고 과거 여불위의 무덤 속에서 혈랑대와 악연도 있었다. 사흑파에 잡혀서 고생을 많이 했고, 혈랑대 모두 그들을 좋아하지 않았다.

'청해가 안 된다면, 감숙성은 어떨까?'

다행히 이곳은 감숙성의 국경과 가까운 편이다. 이틀이면 넘어갈 수 있었다.

"백리세가?"

그들 역시 여불위 무덤으로 들어왔었다. 덕분에 안면도 있었고, 그들의 피해는 미비했다.

그때 지금까지 조용히 있던 산호 도장이 입을 열었다.

"무림맹은 어떻습니까?"

"무림맹의 청해지부를 말하는 건가요? 여기서 상당히 멀리 있는데요."

"맞습니다. 청해지부는 멀리 있죠. 하지만 무림맹의 분타는 가까이 있습니다. 그곳 인원은 얼마 되지 않지만, 무림맹의 인물이 같이 있는 것만으로 도움이 되지 않을까요?"

"그렇죠. 호가호위(狐假虎威)를 이용할 수 있겠네요."

여우가 호랑이의 위세를 빌리듯, 무림맹의 인물이 같이 있으면, 무림맹의 위세를 빌릴 수 있다.

누구든 무림맹을 공격하면, 무림맹과 적대시한다는 의미니까.

잘하면 훌륭한 방패가 될 수 있었다.

곽우영은 찬성했다.

"좋은 방법인데요. 나중에 무림맹에게 돈을 뜯길 수도 있지만, 다 뺏기는 것보단 나으니까요."

왕분이 걱정스레 말했다.

"분명 좋은 방법이긴 하지만, 안심할 순 없습니다. 보물에 미친 자라면 무림맹을 포함해 우리까지 다 죽이려 들 테니까요."

"하긴 지금까지는 잔챙이들만 나타났지만, 진짜 위협적인 놈들이 나타나면 그럴 수도 있지."

"그래도 무림맹이 있으면, 잔챙이 놈들은 거를 수 있을 거예요."

의견이 분분히 갈렸다.

이곳에 최고 책임자는 남관우였고, 그가 결정을 내려야 했다.

"좋습니다. 그럼 두 군데 모두 전령을 보내죠."

남관우는 표사 네 명을 뽑았다. 그리고 두 명씩 짝을 지어 무림맹의 분타와 백리세가로 보냈다.

그렇게 도움을 청한 뒤, 마차의 속도를 가능한 최대한 높였다.

그때 왕분이 남관우에게 다가왔다.

"만약에, 정말 강한 산적이 나타난다면 어떡하실 겁니까?"

"끝까지 싸워야죠."

"이런 말씀은 죄송하지만, 정말 멍청한 생각입니다. 그때는 우리 목숨도 잃고, 물건도 뺏길 테니까요."

언뜻 기분이 나쁠 수도 있지만, 냉정히 생각하면 그의 말이 맞았다.

"그럼 어떡하면 좋겠습니까?"

왕분은 남관우에게 전음을 보냈다.

[최소한의 물건을 챙겨서 도망쳐야죠. 그러니 지금부터 부피가 작고, 가장 비싼 물건을 챙겨두세요. 최후의 순간에는 그것만 가지고 도망 칠 수 있게.]

남관우는 가만히 듣더니, 고개를 끄덕였다.

앞으로 어떻게 될지 모르니, 최악의 순간까지 대비를 하는 게 나을 것 것 같았다.

그때부터 남관우와 곽우영은 스물다섯 대의 마차를 옮겨 다녔다. 그리고 비싸고, 부피가 작은 물건들을 한곳으로 모으기 시작했다.

두 시진 후, 일행은 객잔에 도착했다.

태전문까지의 동선은 사전에 계획되었었다. 객잔 역시 미리 예약을 했었고, 음식은 벌써 준비되어 있었다.

"이곳에서 식사를 하고, 짧은 휴식을 취한 뒤, 반 시진 후에 출발한다."

"네에."

그리고 식사를 하는 동안, 객잔에서는 말과 마차를 정비했다.

"오오. 고기잖아."

"맛있겠는데."

"모두 고생이 많습니다. 든든하게 많이 드시오."

"하하. 감사합니다."

혈랑대와 표사들은 웃으면서 즐겁게 밥을 먹었다.

그때 생각지도 못한 사건이 터졌다.

"독이다. 먹지 마라."

왕분이 크게 소리친 것이다.

사람들은 깜짝 놀라 먹던 음식을 뱉었다.

사실 왕분은 예전에 독에 당한 적이 있었다. 그때 크게 고생하여, 그 후부터는 식사 전에 무조건 은침으로 확인했었다.

이번에도 버릇처럼 은침을 찔렀는데, 색이 변한 것이다.

그가 소리치고, 대부분 먹지 않았었다. 하지만 이미 먹은 사람도 있었다.

"으으윽."

십여 명이 목을 부여잡고 바닥을 뒹굴었다. 얼굴빛이 금세 검게 변했다.

극독이 분명했다. 그리고 곧바로 습격이 이어졌다.

콰직.

콰아앙.

창문이 부서지면서 오십 명이 안으로 들어왔다.

역시 복면을 쓰고 있었고, 가타부타 말도 없었다. 검을 휘두르며, 죽이려 들었다.

날래고 빠른 모습이 전부 일류 급 고수들이었다.

"으아악."

"반격하라."

"이 새끼들이 어딜!"

채앵. 챙.

커흑.

아악.

객잔 안은 순식간에 싸움터로 변했다.

그중에서 가장 눈이 띄는 이가 있었다. 하얀 가면을 쓰고, 환검을 사용하는 무인이었다.

그의 신형은 공중에서 두 개, 세 개로 나누어졌고, 그의 검은 수십 개로 나뉘면서 사람들을 현혹시켰다.

그리고 표사와 혈랑대 낭인들의 목숨을 앗아갔다.

실력이 굉장했으며, 잔인했다.

반면 이쪽은 독 때문에 정신이 없는 상황이고, 기습까지 당했다. 자신의 무기조차 들지 못한 이들이 많았고, 정신 없는 와중에 피해가 커졌다.

객잔 안은 피가 튀고, 비명이 난무했다.

"당장 멈추시오!"

산호 도장이 소리쳤다.

사실 그도 음식을 한 입 먹었었다.

목숨을 빼앗는 절독이지만, 그의 내공은 정순했다. 잠깐 운기하면서 독을 밖으로 분출할 수 있었다.

곧이어 사자후를 터뜨리며, 백면인에게 달려갔다.

지금 이곳에서 그를 제압할 사람은 자신밖에 없음을 인지한 것이다.

콰직.

쾅. 쾅.

처음부터 제압하기 위해 곤륜파의 절초를 사용했다.

하지만 상대는 환술과 환검의 고수, 실체를 잡을 수 없어 제압이 쉽지 않았다.

그는 산호 도장을 피해서 도망 다녔다. 그러면서 표사들을 노렸다.

죽이지 못해도 최대한 상처를 입히려고 노력했다.

그러고 뜬금없이 소리쳤다.

"후퇴한다!"

말이 끝나기 무섭게 그들은 달아났다.

사방에 벽을 부수면서 뒤도 안돌아보고 도망쳤다.

'왜지?'

분명 미리 짜놓은 함정이었다. 그런데 왜 유리한 상황에서 도망쳤을까?

마음만 먹는다면, 여기 있는 사람들을 다 죽일 수도 있었다.

독살에 실패해서?

아니면 생각보다 반발이 심해서?

여러 가지 의문이 들지만, 지금은 수습이 중요했다.

남관우는 빠르게 판단했다.

"시신을 치우고, 부상자를 치료한다. 그리고 너희들은

곧바로 떠날 준비를 해라."

인원을 분배하고 객잔 주인을 찾아갔다.

음식에 독이 있었다면, 그도 한패인 가능성이 높았다.

하지만 그를 보자마자 객잔 주인은 바닥에 엎드렸다.

"살려주십시오. 협박을 받아서 어쩔 수 없었습니다. 정말 죄송합니다."

남관우는 아무 말도 하지 못했다.

객잔 주인의 한쪽 귀가 잘려 있는 걸 봤고, 그는 잔뜩 겁을 먹은 상태였다.

가족들도 오들오들 떨고 있었다.

하긴 무림인의 협박을 받았다면, 어쩔 수 없었을 테지.

남관우는 그에게 화풀이를 하진 않았다. 대신 하얀 가면을 쓴 자에 관해 자세히 물었다.

그리고 서둘러 이곳을 벗어났다.

백스물두 명의 표사 중에 서른네 명이 죽었다. 그리고 서른두 명이 크게 다쳤다. 그들은 같이 가지 못했다.

단 한 번의 공격으로 반 이상의 인원을 잃은 셈이다.

혈랑대원 역시 열세 명 중 일곱이나 잃었다.

왕분 국주와 남관우의 표정이 어두워졌다.

하지만 포기하자는 말은 하지 않았다. 대신 해결책을 찾았다.

"부피가 크고, 값어치가 낮은 물건들은 버리겠습니다.

가장 중요한 것들만 챙겨서 떠나죠."

"이 인원으로 마차로 가는 것도 무리가 있습니다. 전서구를 보내어 배를 아래로 불러야겠습니다. 그래서 중간 지점에서 만나는 걸로 하죠."

"폭이 좁아지는 지점이 위험하다고 했잖습니까?"

"어쩔 수 없죠. 이 인원으로 마차를 호위하는 것보다는 나을 겁니다."

결국 선택의 문제였다.

둘 다 좋지 않지만, 덜 좋지 않은 것을 선택해야 한다.

"알겠습니다. 그럼 적당한 곳을 물색해 주십시오. 비용은 우리가 낼 테니까, 다친 사람들은 근처 마을에 치료를 받도록 하고."

"감사합니다."

왕분은 지도를 꺼내어 적당한 지점을 찾았다.

이틀 거리에 괜찮은 나루터가 있었고, 왕분은 전서구를 보냈다.

그리고 마차는 그 나루터를 향해 힘차게 달렸다.

그 후에 곽우영이 남관우와 왕분, 산호 도장을 찾아왔다. 그녀는 심각하게 물었다.

"좀 전에 습격했던 놈들, 혹시 누군지 아시겠습니까?"

"나는 모르겠습니다만, 혹시 아는 놈들입니까?"

왕분이 물었고, 남관우는 한숨을 쉬며 대꾸했다.

"후우. 짐작 가는 문파는 있습니다. 혹시 자네도 알아보았나?"

곽우영에게 물었고, 곽우영은 이를 갈면서 대꾸했다.

"당연하죠. 그들의 검법을 보고 바로 알아봤습니다."

"역시 사흑파인가?"

"분명합니다. 그놈들 검법을 잊을 리 없죠."

혈랑대는 여불위의 무덤 속에서 사흑파와 싸우기도 했다. 그리고 그들이 싸우는 모습을 바로 옆에서 봤었다.

그래서 그들의 검로와 초식이 눈에 익은 것이다.

"역시 저만 느낀 것이 아니었군요."

산호 도장까지 고개를 끄덕였다.

백면객은 처음 보는 인물이지만, 나머지는 사흑파가 분명했다.

남관우가 자신의 생각을 말했다.

"여불위의 무덤에서 크게 실패한 뒤, 사흑파도 굉장히 어렵다고 들었습니다. 아마도 돈이 필요했고, 이런 짓까지 저지르는 것 같군요."

"그렇다고 대놓고 강도질을 할 줄이야. 개자식들."

"휴우. 사흑파라."

왕분은 화를 내는 것보다 걱정이 더 많아졌다.

남관우는 그를 다독이면서, 한 가지 의문을 제시했다.

"사실 나는, 그것보다 더 큰 의문점이 있습니다."

"의문점요?"

"사흑파는…… 그들은 어떻게 우리가 머무는 객잔을 알았을까요?"

"아아, 그렇죠. 그것을 알기 때문에 우리가 도착하기 전에 음식에 독을 탈 수 있었겠죠."

곽우영이 맞장구를 치며 소리쳤다.

"분명 사흑파는 우리가 어느 객잔에서 식사를 할지 알고 있었던 겁니다. 즉 누군가 우리 정보를 흘렸을 가능성이 높습니다."

배신자가 누구일까?

또 어디까지 흘렸을까? 만약 앞으로의 일정까지 모두 알고 있다면, 앞으로 계속 위험해 질 것이다.

네 사람은 서로를 바라봤다.

왕분이 먼저 입을 열었다.

"아무래도 가는 경로를 바꾸어야 할 것 같군요. 일단 임의로 수정해 보겠습니다."

"부탁하겠습니다."

왕분이 지도를 보고 연구할 동안, 남관우와 곽우영은 배신자가 누구인지 생각했다.

마침 그들의 머릿속에 동시에 떠오르는 사람이 있었다.

곽우영이 소리쳤다.

"진운태가 분명합니다."

"아무래도……그렇겠지?"

"지금쯤이면 돌아오고도 남았을 시간입니다. 그런데도 돌아오지 않았고, 소식조차 없습니다. 그 새끼가 배신한 거예요."

"휴우. 내가 분명 챙겨준다고 했는데, 아무래도 내 믿음이 부족했던 모양이야."

"대주. 지금 그 새끼가 불쌍한 겁니까? 우린 여기서 다 죽게 생겼는데요?"

"그래도 속단은 하지 말자. 의심스러운 점은 있지만, 증거가 있는 건 아니니까."

진운태는 혈랑대 일원으로 십 년 동안 함께 했었다.

증거도 없이 그가 배신했다고 믿기 힘들었다.

"그것보다 이 상황을 해결하는 데 집중해야지."

"만약 그놈이 배신했다는 가정하에 생각해 보죠. 그럼, 생각보다 상황은 더 심각해 집니다. 놈은 우리 계획을 전부 알고 있으니까요."

"맞아. 그렇지. 하지만……."

남관우는 미소를 지었다.

“그렇기 때문에 유리한 점도 있어. 그들은 예전의 계획을 따라올 테고, 우린 계획을 바꾸면 되니까.”

“쉽진 않을 거예요. 며칠 동안 고민해서 최적의 계획을 세운 거잖아요. 그리고 내기까지의 시간도 계산해야 합니다.”

“바로 그거야. 나도 놓쳤는데, 우린 내기의 본질을 생각해야 돼.”

“네에?”

남관우는 자신의 생각에 잠긴 듯, 혼자서 중얼거렸다.

“철경 대협과 논의했던 것과 조금 다르지만, 그라면 이해해 줄 거야. 만약 이 방법이 먹힌다면, 피해를 최소화 시킬 수 있고, 더 빨리 태전문으로 갈 수 있으니까. 돈은 조금 줄어들겠지만.”

“대주?”

“아, 그렇지. 우영아. 이 계획에는 네가 꼭 필요하다. 정말 미안하지만, 네 아버지 도움이 필요해.”

곽우영은 아버지란 말이 나오자마자 인상을 구겼다.

하지만 남관우의 얘길 듣고 납득할 수밖에 없었다.

그의 계획은 실현 가능성이 높았다. 그리고 계획대로 된다면 지금같이 어려운 상황을 풀어 낼 수 있었다.

“아깝네요. 조금만 빨리 이 계획을 실행했으면, 죽는 사람도 없었을 텐데.”

“어쩔 수 없지. 지금이라도 해보자.”

"알겠어요. 그 인간 정말 보기 싫지만……."

"부탁한다."

곽우영은 한숨을 쉬더니, 이내 마음을 다졌다. 그리고 말을 타고 급하게 떠났다.

그녀는 일행과 반대 방향으로 향했다.

사흑파의 문주 사하기는 깎아지는 절벽에 서서 아래를 내려보았다.

그 뒤에 백면객와 진운태가 서 있었다.

그리고 백면객이 보고했다.

"진운태가 말한 대로 객잔에 그들이 나타났습니다. 독에 의한 피해는 적었지만, 무력으로 부딪쳤고 계획대로 반 이상 피해를 입혔습니다."

"그다음은?"

"그들이 남긴 보물은 저희가 수거했습니다. 그리고 날쌘 놈들을 뽑아서 미행시키는 중입니다."

백면객은 이어서 말했다.

"전서구를 보내는 걸로 봐서는, 예상대로 배를 아래로 부를 것 같습니다. 아마 중간 지점에서 만나서 배에 보물을 실을 겁니다."

"그리고?"

"배를 다 실은 후에는 태전문이 있는 상류로 향하겠죠. 저희는 물줄기가 좁아지는 구간에 매복해 있다가 그들을 잡을 겁니다. 그렇게 배를 탈취하여, 저희 창고에 숨겨두면 됩니다. 그럼 간단히 보물을 뺏을 수 있습니다."

현재 사흑파는 상당히 어려운 상황이었다.

그래서 피해를 가장 줄이고, 효과적인 방법을 찾았다. 그래서 객잔에서 표사들을 전부 죽이지 않은 것이다.

여우 몰이를 하듯, 혈랑대를 배로 몰아놓고, 배를 탈취할 계획이었다.

"너희끼리 가능하겠느냐?"

"가능은 하겠지만, 피해가 커지거나 배가 상할 수 있습니다. 특히 곤륜파의 신룡과 만났는데, 생각보다 강하더군요."

"하긴, 괜찮은 실력이었어."

사하기도 알고 있었다. 여불위 무덤 속에서 같이 싸운 적이 있으니까.

"좋아. 다음 습격 때에는 나도 같이 가겠다."

"존명."

백면객은 고개를 푹 숙였다.

지금 같은 상황에 문주가 직접 나서준다면, 큰 힘이 될 것이다.

'그래. 이번만 잘 극복한다면, 분명 예전의 영화를 되찾

을 수 있다.'

사하기가 말했다.

"그들을 잘 지켜보아라. 다른 곳으로 세지 않게."

"네엡."

그때 가만히 있던 진운태가 황급히 나섰다.

"저어, 제가 표국 국주의 지도를 전부 외우고 있습니다. 거기에는 배를 댈 수 있는 나루터를 표기되어 있는데, 딱 세 군데 있었습니다."

사하기는 뒤를 보지도 않았다. 대꾸도 하지 않고, 백면객에게 물었다.

"너도 알고 있느냐?"

"네."

"그럼 앞으로 저 녀석이 필요 없겠구나."

"네. 그가 알고 있는 건, 저도 모두 알고 있습니다."

진운태는 둘의 대화가 이상하다는 걸 느꼈다. 당황하며 고개를 들었다.

"아닙니다. 제가 피, 필요 있을 겁니다. 제가 그 계획들을 다 말하지 않았거든요. 아직 더 있습니다."

"더 이상 꼴 보기 싫구나."

사하기의 말이 끝나기 무섭게 백면객이 움직였다.

서걱.

진운태의 목을 잘랐다.

그리고 그의 품속에 있는, 황금이 든 상자를 도로 회수했다.

사하기는 배신자를 극도로 싫어했다.

이번에 사흑파가 힘들어지면서, 사흑파를 배신하고 떠나는 이들이 많았기 때문이다.

사하기는 백면객에게 말했다.

“가거라. 그리고 그들을 찾은 후에 나를 불러라.”

“존명.”

백면객은 곧바로 떠났다.

이미 미행이 붙어 있지만, 혹시 몰라 발 빠른 수하들을 세 개의 나루터로 보냈다.

그리고 사흑파의 주요 무력대를 강의 상류에 배치했다.

어차피 그들의 목적지는 태전문이다.

어느 나루터에서 짐을 싣든 결국 위로 움직일 수밖에 없을 것이다.

만약을 대비하여 강에 띄울 수 있는 배도 준비했다.

‘결국, 그 보물들은 우리 것이 될 것이다.’

백면객은 미소를 지었다.

사흑파는 배에 실을 때까지 기다렸다. 하지만 다른 사람들은 아니었다.

산적들은 계속 나타났고, 혈랑대를 끊임없이 괴롭혔다.

특히 지금은 몹시 취약해진 상태로 상당히 위험했다.

두두두두.

"여긴 제가 맡겠습니다. 계속 달려가세요."

산호 도장은 달리는 마차에서 뛰어내렸다.

그리고 경공을 사용하면서 뒤로 달려갔다.

말을 타고 철퇴를 휘두르는 무리가 따라오고 있었다.

일각 전에 나타난 마적 떼였다.

본래 청해 서쪽 지역에서 출몰하던 마적인데, 이곳 동쪽 지역에 나타난 것이다.

그만큼 보물에 관한 소문이 멀리까지 퍼졌단 의미였다.

"말들아. 너희들에게 미안하구나."

솔직히 말은 죄가 없었다. 주인이 시키는 대로 달렸을 뿐이니까.

산호는 가능한 말을 피해 마적들을 공격했다. 하지만 그들이 떨어지면서 다른 말을 방해했고, 말이 넘어지는 경우가 있었다.

그것을 사과하면서, 뒤따라오던 마적들을 쓰러뜨렸다.

그리고 마적들을 죽이지는 않았으나, 무공을 폐하거나 불구로 만들었다.

"으아아악."

"크헉."

그렇게 스물세 명을 처리한 뒤, 산호는 다시 마차를 쫓아왔다.

벌써 다섯 번째 벌어지는 일이다.

대부분 산호 도장 혼자서 처리했고, 그도 조금씩 지쳐갔다.

남관우가 걱정되어 물었다.

"괜찮으십니까?"

"하하. 괜찮습니다. 다른 분들 고생하시는데, 그것에 비하면, 아무것도 아니죠. 할 말 합니다."

그의 말대로 다른 사람들은 더 힘들어했다.

사람이 부족하니, 더 많이 움직여야 하고, 쫓기고 있으니 쉴 수가 없었다.

지금도 벌써 이틀 동안 계속 움직였고, 한 시진도 자지 못했다.

"조금만 더 참으면 됩니다. 곧 약속 장소에 도착합니다."

"그래. 힘내자!"

"으라라찻."

그렇게 서로를 격려하면서, 일행은 열심히 달렸다. 그리고 한 시진 후, 마침내 목적지에 도착했다.

고심해서 고른 나루터였다.

왕분이 부른 배는 벌써 도착해서 기다리고 있었다.

긴말은 필요 없었다.

전서구로 내용을 전달했었고, 마차가 서자마자 짐을 옮겨 실었다.

이럴 때일수록 습격에 취약했다.

그래서 무척 피곤한데도, 혈랑대 와 산호 도장은 주변을 돌아다녔다.

다행히 아무 일도 생기지 않았다.

그런데 물건을 다 실은 직후였다.

남관우가 충격적인 말을 했다.

"목적지를 바꾸겠습니다."

왕분을 비롯해서 산호 도장, 배의 선장까지 놀라서 쳐다봤다.

"무슨 뜻인가요? 목적지를 바꾸다니요?"

"태전문으로 안 가겠다는 뜻입니다.

"네에?"

"그럼 어디로 갑니까?"

동시에 물어보자, 남관우는 자세히 설명했다.

"소문은 퍼졌고, 온 세상 사람들이 우리 목적지를 알고 있습니다. 그러니 굳이 갈 필요가 없죠."

"으음. 맞는 말이긴 한데."

"우리는 태전문이 있는 상류가 아니라, 하류로 내려갑니다."

"그 후에는요?"

다시 충격적인 말을 했다.

"우린 이 보물들을 팔 겁니다."

"허억."

"그, 그래도 됩니까? 주인이 따로 있다고 들었는데요."

이 보물은 엄밀히 말하면 철경의 소유였다. 그런데 주인 허락도 없이 마음대로 팔아도 될까?

남관우는 어렵게 대답했다.

"물론 제 물건이 아닙니다. 하지만 철경 대협의 진짜 목적은 여기 있는 보물이 아니라 돈입니다. 즉 내기의 본질을 생각한다면, 여기 있는 물건을 팔아서 돈으로 만들어도 상관없다는 뜻입니다."

"그건 그렇지만……."

"적은 계속 나타나고, 우군은 언제 올지 모르는 상황입니다. 자칫 우린 다 죽고, 보물은 다 뺏길 수도 있어요. 다른 방법이 없습니다. 제가 모든 책임을 질 테니, 저를 따라 주십시오."

지금까지 봐온 철경이라면 이해해 줄 거라 생각했다.

만약 이해를 못 하고 화를 낸다면, 그의 몫을 돌려줄 의향도 있었다.

그 정도로 남관우는 각오를 다졌다.

여기까지 이야기를 들은 사람들은 오히려 안심했다.

사실 무리해서 태전문으로 향하는 건 위험천만한 일이니까.

그때보다는 살 수 있는 확률이 높아졌다.

"하류로 간다면, 어디까지 내려갑니까?"

"아니, 그것보다 보물을 팔기 쉽지 않을 텐데요. 누구에게 파실 생각이십니까?"

"그것 역시 걱정 마십시오. 그러잖아도 그것 때문에 곽우영을 미리 보냈습니다."

어쩐지 이틀 전부터 곽우영이 보이지 않더니.

이유가 있어서였다.

남관우에 대한 신뢰가 더 커졌다. 그의 지휘하에 다 같이 힘을 내어 배를 움직였다.

태전문이 있는 상류가 아닌, 하류로 향했다.

그리고 남관우가 생각한 최종 목적지는 청해에서 제일 큰 호수, 청해호(青海湖)였다.

서녕(西寧)은 동서로 황수(湟水)가 흐르고, 청해호를 끼고 있는 아름다운 도시다. 또한 서쪽의 오로목제(烏魯木齊), 남쪽의 랍살[拉薩]과 통하는 교통의 요충지이기도 했다.

아주 옛날부터 성도로 활용되었으며, 유적지가 많은 것

으로 알려졌다.

그중에서 기와를 황금으로 도금한 진와사(金瓦寺)란 곳이 특히 유명했다.

곽우영은 이곳 진와사에 도착했다.

그런데 그녀는 방문객이 많이 찾는 대불상 쪽으로 가지 않았다. 오히려 아무도 찾지 않는, 서쪽 끝에 대나무 숲으로 들어갔다.

일반 사람의 출입을 금한다는 문구가 걸려 있지만, 그녀는 무시했다.

스스럼없는 발걸음이 꽤 익숙해 보였다.

그녀는 일각 정도 걸었고, 작은 암자를 발견했다.

그리고 망설임 없이 안으로 들어갔다.

벌컥.

"아이구. 깜짝이야."

안에는 노스님이 밥을 먹고 있었다.

그런데 우습게도 소고기, 돼지고기, 닭고기 등 온갖 고기가 올라와 있는 진수성찬이었다.

노승은 곽우영을 보더니, 푹 한숨을 쉬었다.

"휴우. 귀신이 뭐 하나? 저년 안 잡아가고."

곽우영은 노승 맞은편에 털썩 앉았다.

그리고 음식을 힐끔 보더니, 중얼거렸다.

"오래오래 살겠네요. 이렇게 잘 먹으니."

"이년아. 틀렸다. 네가 이렇게 불쑥 찾아올 때마다 내 명이 십 년은 줄어든다."

"언제는 나 보는 재미에 산다고 했으면서."

"그때는 이십 년 전이고."

노승은 잘 구운 소고기를 입에 넣으면서 대답했다.

곽우영은 맨손으로 상 위에 쌓여 있는 고기들을 집어서 먹었다.

노승은 눈으로 욕을 하면서 물었다.

"아, 왜 찾아와서 식사를 방해해? 정말 나 보러 온 건 아닐 테고."

"부탁도 있고, 겸사겸사해서 찾아온 거죠."

곽우영은 입안 가득히 우물거리면서 대답했다.

"우리가 물건이 좀 있는데, 대륙전장에서 좀 사줘요."

"이년아. 난 이제 대륙전장의 장주 아니라니까. 몇 번을 말해?"

"장주는 아니지만, 힘이 있잖아."

"이제는 힘없어."

"청해에서 가장 유명한 절에 숨어 살면서, 그리고 매끼마다 이렇게 진수성찬을 드시면서 무슨 말을 하는 거에요?"

여기 있는 노승은 대륙에서 가장 큰 전장, 대륙전장의 전 장주였다.

그리고 곽우영은 그의 숨겨놓은 자식이었다.

노승은 고개를 저었다.

"안 돼. 안 돼. 이젠 안 돼."

"아, 좀 해줘요."

곽우영은 평소라면 절대 하지 않은 애교까지 부렸다.

노승은 안보는 척 하지만, 입꼬리가 슬쩍 올라갔다.

"에이. 진짜. 이번만이야. 다음부터는 진짜 안 돼."

"알았어요. 아빠. 고마워요."

곽우영이 속으로 헛구역질을 했다.

그러면서 방금 전 자신이 했던 애교를 잊어버리려 노력했다.

"그런데 이번에는 양이 제법 많아요."

"많아 봤자지. 대략 얼마나 있는데, 아니, 그냥 필요한 금액부터 애기해."

노승은 자신 있게 말했다.

"천만 냥."

곽우영의 말에 노승은 눈살을 찌푸렸다.

"야. 장난하지 말고."

"장난 아닌데."

곽우영은 웃음기 하나 없는 얼굴로 대꾸했다. 노승은 심각하게 물었다.

"지금 가지고 있는 물건이 천만 냥 어치나 된다고?"

"아니. 천만 냥이 필요하다는 뜻이고, 지금 가지고 있는 보물은 대충 오백만 냥 정도는 될 거에요."

"허어."

그것도 결코 적은 돈이 아니었다.

노승은 곰곰이 생각하더니, 심각하게 물었다.

"설마, 추신검문의 비밀창고를 열었다는 놈들이 너희들이니?"

"거봐. 아직 우리 아빠 안 죽었다니까. 이런 곳에 숨어 있어도 들을 건 다 들으면서."

"야 이것아. 묻는 말에나 대답해."

"맞아요."

"끄응."

이 소문은 현재 청해에서 가장 뜨거운 감자였다.

워낙 많은 지역에서 동시다발적으로 소문이 퍼졌고, 너무 자극적이었다.

또 실제로 만났다는 사람들도 늘어나면서 소문은 사실로 판명되었고, 덕분에 수많은 무림인들의 관심을 끌었다.

노인은 고개를 저었다.

"미안한데, 그런 물건이면 진짜 받을 수 없다. 세간의 관심을 한 몸에 받고 있는 보물인데, 그런 걸 먹으면 탈이 나서 안 돼."

"걱정 마요. 보물을 대놓고 팔 생각은 없으니까."

곽우영은 이미 그 부분에 대해서 남관우와 얘기한 후였다. 그리고 대책도 세워놓았다.

"지금쯤 보물을 실은 배가 하류로 내려오고 있을 거예요. 그리고 내일 저녁쯤에 청해호에 도착할 텐데, 한밤중에 호수 한가운데서 보물을 넘겨드리겠습니다."

"그러니까 아무도 모르게 진행하자?"

"그렇죠. 그럼 대륙전장은 좋은 보물을 싼값에, 그리고 몰래 받는 거고, 우리는 보물을 팔고 가벼운 마음으로 올라갈 거야."

"흐음. 하긴 호수가 워낙 크니, 야밤에는 아무도 모르게 옮길 수는 있지."

몇 가지 아쉬운 점이 있지만, 그걸 감안해도 흥미로운 거래임은 분명했다.

"그럼, 대출은 오 할, 판다면 칠 할."

보물을 검증한 뒤, 그 금액의 오 할까지 대출해 줄 수 있다는 의미였다. 그리고 만약 보물을 판다면 원가의 칠 할까지 준다는 뜻이다.

곽우영은 눈살을 찌푸리며 물었다.

"혹시 날강도세요? 우리가 돈이 필요하지만, 너무 날로 먹잖아요."

"장물은 칠 할도 많이 쳐준 거야."

"주인이 없는데, 무슨 장물이야? 그럼 팔 할로 해요."

"허어. 딸아. 팔러온 사람은 너야. 나는 안 사면 그만이고."

"딸이 열심히 살아간다는데 도움을 주셔야죠. 안 그러면 나 삐뚤어질 거야."

"네 인생이다. 삐뚤어지든지 말든 마음대로 해."

노인은 한마디도 지지 않았다.

곽우영도 여기까지는 예상했었다. 이런 때에는 첫 번째는 애교, 그다음에는 협박이 유용했다.

"그래. 그럼 어쩔 수 없죠. 거래는 포기하고 나는 떠날게요. 아, 참. 그러고 보니 아버지 찾는 사람이 여전히 많죠? 그들을 찾아가면, 패륜일까요?"

아버지를 찾는 사람들에게 아버지의 행방을 알려주겠다는 협박이었다.

그러자 노승은 한숨을 쉬었다.

"휴우우. 그 협박은 벌써 세 번이나 써먹었다. 지겹지도 않으냐?"

"그때마다 효과가 있었잖아요. 그리고 그때마다 아버지께 손해 드린 적은 없었는데. 아닌가요?"

누가 상인의 피가 아니랄까 봐, 곽우영은 언제나 계산적으로 행동했다.

그리고 실제로 노승은 항상 그것으로 재미를 봤었다.

"에휴. 내가 정말, 너에게만은 못 이기겠어."

노인은 겉으로 욕하면서도 속으로는 웃었다.

알면서도 당해주는 것.

딸을 가진 자의 숙명이자, 즐거움이었다.

그렇게 생각하면서, 노승은 대륙전장에게 보낼 전서구를 챙겼다.

"문주님. 문제가…… 생겼습니다."

백면객은 어렵게 말을 꺼냈다.

"보물을 실은 배가, 상류가 아닌 하류로 가고 있다고 합니다."

"허허허."

사하기는 허탈한 듯 웃었다.

그가 의아한 듯 물었다.

"그러니까 목적지를 바꾸었다는 말인데. 남관우는 바보 멍청이가 아니다, 무슨 대안이 있다는 뜻인가?"

답을 요하는 질문이지만, 백면객은 대답하지 못했다.

사하기는 담담하게 다시 물었다.

"그놈들은 찾았나?"

"네에."

"그럼 지금 가자. 더 이상 기다릴 것 없이, 단숨에 끝내겠다."

사하기가 사흑파를 이끌고 직접 움직였다.

배를 남쪽으로 돌리는 생각은 정말 묘수였다.

대부분의 산적과 강도를 피할 수 있었다.

하지만 도와주려는 사람들도 만날 수 없게 되었다.

나중에 들은 바로는 무림맹에서 보낸 무사들과 백리세가, 심지어 태전문의 사람들까지, 혈랑대를 못 찾아서 헤맸다고 한다.

그런 상황에 혈랑대와 표사들은 청해호에 도착했다.

청해호는 건너편이 보이지 않을 정도로 넓은 호수였다.

"정말 굉장히 넓군. 마치 바다 같아."

남관우가 중얼거리자, 산호 도장이 물었다.

"바다를 보신 적이 있습니까?"

"몇 번 봤었죠. 처음 봤을 때 정말 무섭고, 굉장했습니다. 나중에는 너무 좋아서 며칠 동안 바다만 바라봤었죠. 며칠 동안을요."

"부럽군요."

남관우가 놀라서 물었다.

"바다를 아직 못 보셨습니까?"

"평생 산에서만 자라났으니까요. 책을 통해서 바다가 있다는 건 아는데, 하하. 언젠가는 꼭 보고 싶습니다."

"그럼 바다를 보실 때, 해산물도 꼭 드셔보십시오. 호불호가 있긴 하지만, 취향만 맞다면 절대 잊지 못할 겁니다."

"하하하. 꼭 명심하겠습니다."

"나중에 기회가 된다면, 제가 모시고 싶네요."

"그럼 저야 감사하죠."

두 사람은 미소를 지으며 대화를 이어갔다. 간만에 즐기는 사담이었다.

"수상한 배가 쫓아옵니다."

혈랑대원 중 한 명이 소리쳤다.

모두 뒤를 돌아보았고, 작은 배 열두 척이 쫓아오는 것이 보였다.

배 위에 있는 자들은 모두 무기를 들고 있었다.

산호 도장은 한숨을 쉬며 중얼거렸다.

"휴우. 참 끈질기군요. 저렇게나 보물이 갖고 싶은 걸까요? 사람을 죽일 정도로요?"

"사람의 욕심은 끝이 없으니까요."

산호도장은 생각이 많아졌다.

산에 나와서 정말 많은 것을 배웠다.

세상은 책에서 보던 것과 달랐다. 문득 사부님의 말씀이 생각났다.

'진짜 도를 알려면, 세상을 봐야 한다.'

그 말뜻을 이제 겨우 알 것 같았다.

지금은 같이 있는 사람들을 위해서 힘을 써야 할 때였다.

산호는 남관우에게 물었다.

"저들은 수적일까요?"

"아무래도 복면을 쓰지 않았고, 타고 있는 배의 형태나, 옷차림을 봐서는 수적일 가능성이 높습니다."

"그럼 물에 빠져도 죽지는 않겠네요. 다녀오겠습니다."

말이 끝나기 무섭게 산호도장은 발을 굴렀다.

쿵.

휘이익.

그의 신형이 높게 떠올랐다.

그리고 십여 장이나 떨어져 있는 수적의 배에 떨어졌다.

쿠우우웅.

출렁. 출렁

배가 충격을 받으면서, 크게 흔들였다.

거기에 배의 가장자리 부분을 힘껏 때리자, 배가 뒤집혔다.

물론 타고 있던 수적들은 물속으로 떨어졌다.

"으아악."

"저놈은 뭐야!"

산호 도장은 이어서 다른 배로 넘어갔다.

수적들의 배는 크지 않기에 산호 도장은 쉽게 배를 전복시킬 수 있었다.

다른 배의 수적들이 작살을 던지기도 했지만, 맞추지 못했다.

산호의 경공은 표홀했고, 빨랐다.

결국 열두 척의 배를 가라앉혔고, 모든 수적들은 호수 속으로 빠졌다. 그 후 산호는 등평도수(登萍渡水)로 물 위를 달리면서 남관우가 있는 배로 돌아왔다.

물에 빠진 수적들은 울상을 지었지만, 반대로 표사와 혈랑대 낭인들은 환호성을 질렀다.

"와아아."

그의 뛰어난 실력으로 사기가 올라갔다.

"잘하셨습니다."

"쑥스럽네요. 감사합니다."

사람들의 환대를 받으며, 배 위로 오른 직후였다.

갑자기 귀를 울리는 목소리가 사방으로 퍼졌다.

"곤륜파의 도장. 그새 실력이 늘었군."

모두가 깜짝 놀랐다.

이 넓은 호수에서 모두가 들을 정도로 목소리가 컸다.

그만큼 내공이 중후하다는 의미였다.

산호도장의 표정도 굳어졌다.

그는 이 목소리를 들은 적이 있었다.

남관우 역시 마찬가지다. 그와 혈랑대는 절대 잊을 수 없는 목소리였다.

그에게 잡혀서 피눈물 나게 고생했으니까.

"사하기"

사흑파의 문주, 사하기가 청해호에 나타난 것이다.

물론 혼자 나타난 것은 아니었다.

사흑파의 깃발을 꽂은 배가 수십 척이 보였다. 배는 대략 삼십여 장 뒤에 있었다.

하지만 사하기는 그곳에 있지 않았다.

수면 위를 툭툭 발로 찍으면서 이쪽으로 달려오고 있었다.

애검을 들고, 화령심법으로 일으킨 불꽃을 일으키는 순간, 호숫물이 불꽃에 증발되어, 뿌연 안개가 피어났다.

그 모습은 마치 백만대군을 이끄는 장군 같았다.

그런 압도적인 모습에 남관우는 침을 꿀꺽 삼켰다.

사실 사하기가 직접 나타날 경우에는 대비책이 없었다.

'그래서 사하기만은 나타나지 않기를 빌었는데.'

그때 산호가 검을 뽑았다.

스르릉.

"대주. 이대로 배를 몰고 가십시오. 제가 막아보겠습니다."

"도장님. 혼자서는 무립니다. 더군다나 많이 지친 상태 아닙니까?"

"어쩔 수 없죠. 사흑파의 문주를 막을 사람은 저밖에 없으니까요."

지금 달려오는 모습만 봐도 살기가 그득했다.

"하하. 걱정 마십시오. 죽기 밖에 더 하겠습니까? 그리고 저는 죽으면 득도하는 겁니다. 하하하."

딴에는 농담이라 말했지만, 아무도 웃지 않았다.

산호는 어색한 미소를 지으며, 배를 떠났다. 그의 신형은 호수 위를 달려갔다.

휘이이익.

휙.

신룡번미에 이은 용중비룡의 초식을 뽐낸다.

그렇게 운룡소팍힉과 운룡대구식을 적절히 섞어가면서 태청용형검을 펼쳤다.

푸른 검기가 줄줄이 날아갔다.

하지만 사하기의 근처도 가지 못했다.

그는 섬전마령검법을 펼쳤고, 붉은 검기가 솟아나서 사방에서 부딪쳤다.

콰아아아.

퍼퍼펑.

강렬한 기파가 생기면서 물줄기가 솟아올랐다.

그때부터 둘의 싸움이 본격적으로 시작되었다.

"제길. 잘 안 보이는데."

"어떻게 돌아가고 있는 거야."

사하기의 화령심법의 영향인지, 안개가 잔뜩 깔렸다.

뇌성이 터지는 소리가 크게 들리지만, 눈으로 볼 수 없었다.

"정신 차려라. 이때 달아나야 한다."

남관우가 크게 소리쳤다.

안타깝지만, 지금 산호 도장을 도와줄 수 있는 방법이 없었다. 그의 말대로 물 위에서 싸울 수 있는 사람이 없기 때문이다.

대신 멀리 달아나려 했다.

그럼 이쪽으로 쫓아올 테니, 그것이 산호도장을 도와줄지도 모른다.

그런데 남관우는 입술을 꽉 깨물었다.

반대쪽에서도 사흑파의 배가 다가오고 있었다.

열 척이 넘었고, 사흑파의 무사들이 한 척에 스무 명이 넘었다.

To be continued